Impressum

Bibliografische Information der Deutschen Nationalbibliothek: Die Deutsche Nationalbibliothek verzeichnet diese Publikation in der Deutschen Nationalbibliografie; detaillierte bibliografische Daten sind im Internet über www.dnb.de abrufbar.

Cover und Bildgestaltung Spencer Corvis

© 2016 Spencer Corvis

Herstellung und Verlag: BoD - Books on Demand, Norderstedt

ISBN 9783741266218

Über den Autor:

Der Name Spencer Corvis ist ein Pseudonym

Spencer Corvis ist in den 80ern geboren worden, hat seine schulische Ausbildung in den 90ern durchlebt, seine berufliche Ausbildung folgte in den 2000er Jahren

Geboren, Aufgewachsen und und immer noch wohnhaft ist Spencer Corvis im unteren Franken in einem kleinen 400 Seelenort (auch wenn Wikipedia weiterhin 388 behauptet...)

Spencer Corvis

Kommissar Max Schneider

Lattenkrimi

Vorwort und Danksagungen

An dieser Stelle möchte ich allen meinen Lesern danken. Ein wenig positive Resonanz hatte ich mir erhofft, was dann auf mich zukam hat mich fast umgehauen. Fast durch die Bank positives Feedback, Glückwünsche und Anerkennung. Es lässt sich einfach nicht besser in Worte fassen, als mit einem ganz großen DANKE!

Um einigen Fragen vorzubeugen, ja, ich musste einige Begriffe und Handlungen recherchieren (was heutzutage dank des Internets mühelos möglich ist), auch wenn ich schon einige gewisse Vorkenntnisse besaß, die ich mir im Laufe der Jahre durch das Studium von diversem Filmmaterial angeeignet hatte.
 Deshalb muss ich mich an dieser Stelle auch bei meiner ehemaligen Stamm-Videothek bedanken (die es mittlerweile nicht mehr gibt, nochmals Dank an das Internet), wo immer gutes Recherchematerial auf Lager war.

Erneuter und wieder großer Dank an Anja, die nicht nur durch interessiertes Testlesen, sondern auch durch starkes Rühren der Werbetrommel, lange vor Erscheinen dieses Buches.

Ebenfalls großen Dank schulde ich wieder einmal Steffi für ihre gute Lektorationsarbeit. Dank ihr sollte dieses Buch das bisher Fehlerfreieste sein, für eventuelle Fehler im Vorwort und den Danksagungen bin allein ich verantwortlich, da ich ihr diese nicht zum Gegenlesen übergeben habe.

<u>Auch wieder ein allgemeiner Dank an meine Leser, die mich mit ihren Nachfragen nach dem neuen Buch, im positiven Sinne, vor sich hergetrieben haben =)</u>

<u>Handlung und Namen in diesem Buch sind frei erfunden und basieren nicht auf realen Ereignissen und Personen</u>

Kapitel 1

"Alles auf Anfang, Leute!", tönte Danny durch die Gänge. "Wir müssen das heute noch hinbekommen!"

"Jaja, mach mal nicht gleich den Larry! Deadline ist doch erst am Freitag", warf Harry beschwichtigend ein.

"Freitagvormittag, Junge! Ich habe dich schon lange nicht mehr später als 22 Uhr und früher als 11 Uhr Arbeiten sehen."

"Offiziell vielleicht.", Harry grinste breit.

"Inoffiziell kann er bessere Arbeit leisten!" Ray war von hinten dazu gestoßen und lächelte verschmitzt.

"Jungs, jetzt einmal wirklich ernsthaft!", Danny war sichtlich genervt. "Wo sind die Mädels?"

"Lilian hatte gerade einen Anruf, Lis wollte auf's Klo und Tara ist am Trainieren." Harry sagte das, als ob Training nur etwas für Amateure war.

"Gut, kann vielleicht einmal jemand so freundlich sein, Lis und Tara Bescheid zu geben, dass Sie hier rausfliegen, wenn sie ihre Ärsche nicht bald zur Arbeit bewegen?" Danny versuchte, respekteinflößend zu klingen.

"Die Drohung kannst du dir sparen, hier wissen doch alle, dass du nicht Ernst machst."

"Schnauze, Ray, oder du bist auch weg vom Fenster!"

Dieser Satz sorgte für allgemeine Belustigung, da jeder wusste, dass er seinen Bruder niemals rausschmeißen würde.

"Bleib ganz ruhig, nimm eine von deinen kleinen Pillen, trink einen Schluck Wasser, Kaffee oder Cognac und setz dich hin, ich hole Tara. Harry, kümmer du dich bitte um Lis", sagte Ray, während er seinem Bruder beruhigend auf die Schulter klopfte.

"Na endlich einmal ein paar vernünftige Worte!" Danny ließ sich in seinen Chefsessel fallen und legte den Kopf in den Nacken.

Ray machte sich auf den Weg zu den Umkleiden, wo Tara trainierte, obwohl sie das aus seiner Sicht nicht wirklich nötig hatte. Er klopfte an die Tür, doch es folgte keine Reaktion, also öffnete er die Tür und trat ein. Er wusste ja, dass sie nicht schüchtern war.

"Tara, wir müssen anfangen, Danny dreht sonst gleich..." Weiter kam er nicht, da der Anblick, der sich ihm bot, ihm die Sprache raubte. Er wusste nicht, wie lange er da wie angewurzelt stand und in den Raum starrte, aber es mussten einige Minuten gewesen sein.

"Hey, was stehst du da so dumm rum, hast du Tara nicht gefunden?" Das war die Stimme von Harry, der mit Lis im Schlepptau zu ihm trat. Kaum stand er neben ihm, blieben ihm auch die Worte im Halse stecken, als er die Szenerie sah.

"Verdammt! Ich habe jetzt meine Pillen genommen und die halbe Flasche leer gemacht und trotzdem geht`s mir nicht besser! Und wisst Ihr warum? Weil die verdammten Schauspieler nicht...", Danny verschluckte ebenfalls den Rest des Satzes, als er einen Blick in das Zimmer warf, in das seine Darsteller wie gebannt blickten.

Tara lag auf dem Boden, die Augen weit aufgerissen, ihre Arme und Beine standen in alle vier Himmelsrichtungen vom Körper ab und in ihrem Hals steckte bis zum Anschlag ihr Lieblingsdildo, mit dem sie sich vor jedem Dreh warm machte.

Ein Satz von Harry durchbrach die beklemmende Stille: "Ob das als Arbeitsunfall durchgeht?"

Kapitel 2

Max raste die Straße entlang, sein alter VW schien fast zu fliegen. Er wunderte sich, dass sich noch keines der extrem rostigen Blechteile gelöst hatte und auf die Straße geflogen war. Das Blaulicht war zwar nicht nötig gewesen, aber als er gehört hatte, dass sein nächster Mord am Set einer Pornoproduktionsfirma war, wollte er sich doch schnellstmöglich ein Bild von der Sache machen.

Mit quietschenden Reifen kam er auf dem großzügigen Parkplatz zum Stehen. Er riss seine Tür auf und schmetterte sie zu, ehe er zur Eingangstür hastete. Das Haus machte nicht den Eindruck einer anrüchigen Bude, abgesehen von dem Firmennamen. Ganz im Gegenteil, es war weiß, recht modern, soweit Max das beurteilen konnte, zwei Etagen mit Flachdach.

'Seh'n wir einmal, ob es etwas zu Sehen gibt', mit diesen Gedanken drückte er den Klingelknopf. Es dauerte fast eine Minute, bis ein Mann mittleren Alters öffnete.

"Oh, verzeihen Sie, aber wir suchen derzeit... Moment, sind Sie von der Polizei?"

"Richtig, ich bin Kommissar Max Schneider,

Mordkommission. Guten Tag." Max zeigte seine Marke.

"Ah, freut mich, Herr Kommissar! Ich bin Danny Fux." Er reichte ihm die Hand, es war ein annehmbar fester Händedruck.

Max durchforstete seine Gedanken, der Name ließ etwas klingeln. Natürlich! Einer der bekanntesten, männlichen Pornodarsteller Deutschlands! Max hatte einige Filme mit ihm gesehen, natürlich nicht seinetwegen, aber er drehte früher häufig mit der besten Pornodarstellerin die es gab, aus seiner Sicht.

"Freut mich ebenfalls", gab Max zurück, wenn er es auch leicht befremdlich fand, diesem Typen den er nur aus Pornos kannte, nun angezogen gegenüber zu stehen.

"Äh, entschuldigen Sie bitte, aber fehlen hier nicht einige Leute? Ich meine, Spurensicherung und so etwas?" Herr Fux sah sich suchend um.

"Die sind schon auf dem Weg, ich bin nur schon einmal vorgefahren, weil der Fall sehr dringend klang." Er hoffte, dass diese Ausrede nicht zu offensichtlich war.

"Achja, natürlich, Sie müssen sich wahrscheinlich schon einmal ein Bild der Sache machen, für die weiteren Ermittlungen, kommen Sie doch bitte rein!" Danny Fux trat zur Seite und ließ Max eintreten.

'Puh! Er hat's mir abgekauft! Oder aber er lässt sich nichts anmerken...'

Der Flur war, ebenso wie die Fassade, in weiß gehalten, einzig einige kunstvolle Aktaufnahmen an den Wänden sorgten für Farbtupfer. Max schritt hinter Herrn Fux den Flur entlang, nicht ohne jedes Bild kurz in Augenschein zu nehmen. Bei dem dritten Bild auf der rechten Seite hielt er inne. Das war sie, unverkennbar! Blonde Mähne, lasziver Blick, der Mund leicht geöffnet, hüllenlos auf einem Schwebebett, ausgestreckt auf dem Rücken liegend.

"Ah, Ihnen gefällt das Bild also auch! Ja, Sie war schon ein Engel, ich habe es damals sehr bedauert, als sie ihre Karriere beendet hat."

Max hoffte, dass sein offener Mund und der stierende Blick nicht komplett verrieten, was er dachte.

"Ein sehr... schönes Bild von ihr", stammelte er verlegen.

"Das können Sie laut sagen!" Max war so, als hätte er es sehr laut gesagt. "Dieses Bild hatte sie mir zum Abschied geschenkt. Hing erst in meiner Wohnung, aber seit ich hier der Chef bin, hängt es hier."

Da kam Max gleich eine Frage in den Sinn. "Welche Position bekleiden Sie hier eigentlich genau?"

"Ich habe die Firma vor etwa vier Jahren übernommen, nach dem Ende meiner aktiven Karriere. Ich habe mein Erspartes investiert und bin seither Besitzer, Produzent und Regisseur." Er wirkte sehr stolz.

"Ich habe vor einiger Zeit einen Bericht gelesen, dass die großen Studios, die... spezialisiert sind auf diese Art von Filmen, stark mit der Billigkonkurrenz im Internet zu kämpfen haben, Stichwort Amateure."

"Da haben Sie nicht ganz unrecht, Herr Kommissar, aber es kommt ganz darauf an, wie man es anpackt." Klar.

"Und wie muss man es aus Ihrer Sicht anpacken?"

"Wenn man ein riesiges Studio mit zig Festangestellten hat, dazu enorme Produktionskosten und dazu nur eine geringe Bandbreite abdeckt, dann geht das auf jeden Fall schief. Aber hier bei Triple X-Entertainment haben wir das anders aufgezogen. Die meisten Mitarbeiter sind Subunternehmer, darüber hinaus beschäftigen wir hauptsächlich Leute, deren persönliche Vorlieben weitgefächert sind, damit man sie für viele verschiedene Themenbereiche universell einsetzen kann (Satzstellung). Außerdem arbeiten wir mit neutralen Umgebungen, die bei Bedarf schnell und kostengünstig veränderbar sind. Und eine Amateurabteilung haben wir auch im Haus, da können Interessierte ungehemmt ihre Privatfilme drehen und wir übernehmen das Marketing, um den Gewinn zu maximieren, eine Win-win Situation."

Max war beeindruckt. Hatte Porno für ihn bislang immer noch den Hauch von etwas Dilettantischem, das hauptsächlich Leute betrieben, die meinten, Sex verkauft sich doch immer, klang dieser Vortrag mehr nach einem gut geölten Business.

"Dann kann man also sagen, Sie haben es besser gemacht als der Vorbesitzer?"

"Ich werde kein schlechtes Wort über meinen Vorgänger verlieren, er hat den Laden jahrelang, nein, sogar jahrzehntelang gut geführt, aber mit dem Hype im Internet konnte er dann nicht mehr schritthalten. Ich habe ihm meine Hilfe angeboten, aber er meinte, die Modernisierung überließe er lieber den Jüngeren."

"Wo wir gerade beim Thema sind, wie jung sind Sie eigentlich, Herr Fux?" Max hatte die ganze Zeit versucht, das Alter seines Gegenübers zu schätzen, scheiterte aber. Er sah noch fast genauso aus, wie in den Filmen, die er kannte, abgesehen von ein paar grauen Strähnchen, die ihm aber optisch nicht schadeten.

"Mitte 50", sagte er etwas kleinlaut und sah zu Boden.

'Das darf nicht wahr sein! Wieder einer, der um einiges älter ist als ich, aber jünger aussieht!'

"Sieht man Ihnen aber kein bisschen an."

"Danke!" Seine Miene hellte sich wieder auf, offenbar war das Alter nicht sein Lieblingsthema, auch wenn er bestimmt immer noch als 35-Jähriger durchging.

Nach dieser doch längeren Unterhaltung vor dem Bildnis von Max' Jugendtraum machten sie sich wieder auf den Weg Richtung Tatort, doch sie kamen nicht weit, ehe es wieder an der Tür klingelte. Danny Fux entschuldigte sich und eilte zur Eingangstür, um den Kollegen von der

Spurensicherung zu öffnen, die Max mit großen Augen ansahen.

"Du bist auch schon da?", fragte einer erstaunt.

"Das könnte ich auch zu euch sagen, sonst braucht Ihr mindestens 40 Minuten."

"Wir... waren schon in der Gegend, als der Anruf kam."

'Sicher! Ich habe euch vorhin noch auf dem Revier an der Kaffeemaschine und dem Süßigkeitenautomaten gesehen...' "OK, dann gehen wir eben gemeinsam zum Tatort." 'Das kam äußerst selten vor, da Max gerne etwas später auftauchte, als die Kollegen.

Im Gänsemarsch folgten alle dem Besitzer des Studios, doch auf halbem Weg stoppte die Kolonne abrupt.

"Oh mein Gott! Ist das nicht...?"

"Ja", kam es genervt von Max. "Mund zu und weiter, du kannst später noch gaffen", sagte Max mit einem Zwinkern. Der Kollege tat es und setzte sich wieder in Bewegung, doch sie kamen nicht weit, ehe es erneut klingelte, was wieder zum Stillstand führte und einen eiligen Produzenten den Gang entlang trieb.

"Guten Tag, wir sind..."

"... Kollegen von Herrn Schneider, nehme ich an", beendete Danny Fux den Satz.

"Ja, richtig! Ist er etwa schon da?"

"Und ob ich da bin! Arni, Doc, wie kommt Ihr so schnell daher?"

"Na hör mal, wir nehmen unseren Job sehr ernst!" Arni tat leicht empört, während sich der Doc weiterhin in Schweigen hüllte.

"Ansichtssache. Also kommt rein und lasst die Fliegen draußen."

Und wieder setzte sich die Karawane in Bewegung, diesmal mit nur einer leichten Verzögerung beim dritten Bild auf der rechten Seite und ein paar gemurmelten Worten.

Danny Fux hielt zielstrebig auf eine Tür am Ende des Ganges zu, ehe ein erneutes Klingeln eine weitere Kehrtwende verursachte.

Max zerkaute einen Fluch zwischen den Zähnen. 'Wie viele notgeile Idioten kommen denn noch?!'

"Guten Tag. Ich bin Polizeioberrat... Verdammt, was machen Sie denn schon hier?"

"Ich mache meine Arbeit und was haben Sie hier zu suchen, Schmutzfink?"

Kapitel 3

Die beiden Männer starrten sich an wie Raubtiere, kurz davor, den Widersacher anzuspringen. Max stand breitbeinig da wie ein Revolverheld im wilden Westen, während sein Chef, Dr. Mutzvink, eher wirkte wie der alte Boxchampignon: Siegesgewiss doch überheblich, was schlussendlich zur Niederlage führen würde.

"Ich bin hier, um diesen Fall in die richtigen Bahnen zu lenken und dafür zu sorgen, dass sich nicht das ganze Revier lächerlich macht, bei diesem heiklen Fall!"

"Wenn das Revier nicht lächerlich wirken soll, müssen Sie als Erstes gehen."

Die giftigen Blicke, die gewechselt wurden, irritierten Danny Fux. "Meine, äh, Herren, entschuldigen Sie bitte, aber sind Sie nicht hier, um, naja, die Tote in Augenschein zu nehmen?", kam es zaghaft von dem Studiobesitzer.

Die Beiden wendeten ihre Blicke auf Danny Fux, der sich in den folgenden Momenten der stillen Blicke wohl am liebsten in einem Mauseloch verkrochen hätte.

"Aber natürlich, Sie haben vollkommen recht,

gehen Sie doch bitte vor", durchbrach Max die angespannte Ruhe.

Doch ehe es weiterging, brachte Dr. Mutzvink seine Begrüßung zu Ende. "Polizeioberrat Dr. Mutzvink, freut mich!"

"Was soll dieser Quatsch, Schmutzfink?"

"Was mischen Sie sich schon wieder ein, Schneider?"

"Sich mit dem falschen Dienstgrad vorzustellen, ist ein grober Amtsmissbrauch."

"Meine Beförderung..."

"... ist noch lange nicht durch. Bis dahin sind Sie einfach nur Polizeirat.", Max lächelte triumphierend.

"Sie brauchen gar nicht das Maul aufzureißen, wie oft haben Sie sich mit Polizeioberkommissar oder Hauptkommissar vorgestellt?", konterte sein Chef.

"Das war einmal, außerdem war ich damals noch Polizeischüler und leicht angetrunken." 'Naja, leicht war eventuell leicht untertrieben...' "So etwas läuft unter Jugendsünde, aber in Ihrem Alter sollte man etwas reifer sein."

"Halten Sie den Rand, Schneider, oder ich lasse Sie sofort von dem Fall abziehen!"

"Bitte", bemerkte Max achselzuckend. "Wenn Sie

nicht wollen, dass der Fall aufgeklärt wird, dann rufen Sie doch auf dem Revier an und bestellen jemand Anderen her."

"Das tue ich auch!" Dr. Mutzvink griff in eine Tasche seines Anzugs, dann in die Andere, um festzustellen, dass er sein Handy nicht bei sich trug. Mit einem Fluch auf den Lippen drehte er sich wieder Richtung Ausgang um und trabte davon. Die Gefahr, das Revier lächerlich zu machen, bestand nicht mehr, das war bereits erledigt, in Rekordzeit.

Die Gruppe machte sich, auf Max` Betreiben hin, wieder auf den Weg, ohne auf seinen Chef zu warten. Als sie endlich an der Tür ankamen, die sie mehrmals vergeblich versucht hatten zu erreichen, öffnete Herr Fux und winkte sie hindurch. Max stellte ernüchtert fest, dass sie in einem weiteren, weißen Flur angekommen waren.

Danny Fux ging wieder voran. Nach wenigen Metern blieb er an einer Tür mit der Aufschrift "Garderoben" stehen und ging hindurch. Hinter dieser Tür befand sich, welch Überraschung, ein weiterer, weißer Flur, der sich allerdings nicht in die Länge, sondern in die Breite erstreckte. Max verdrehte genervt die Augen. Keine Leiche und auch keine anderen Leute aus der Branche.

Nun standen sie einer Reihe Türen gegenüber, an denen Schilder mit Namen angebracht waren, die extrem ausgedacht klangen. Bei der Tür mit der Aufschrift "Tara Be-Cum" stoppte der Regisseur. Danny Fux zog einen Schlüsselbund aus seiner Gesäßtasche, der mindestens zwei Dutzend Schlüssel fasste. Er suchte einige Sekunden, ehe er den Richtigen gefunden hatte und schloss die Tür auf.

Hinter Max drängelten schon die Kollegen, er kam sich vor wie bei einem Autounfall und er war zuständig, die Schaulustigen abzuhalten.

Als sich die Tür geöffnet hatte, starrten sie ungläubig auf den Boden vor der Kommode.

"Verdammte Scheiße", entfuhr es Max. "Wie lang ist dieser... dieses Arbeitsgerät?"

"Wenn es ihr Lieblingsdildo ist, und soweit ich das sehen kann ist er es, dann hat er eine Länge von gut 20 Zentimetern, ab den Hoden."

"War sie denn eine Deep Throat-Spezialistin?", erkundigte sich Max.

"Naja, sie hatte schon die eine oder andere DT-Szene, aber spezialisiert war sie nicht unbedingt, wie gesagt, wir legen hier wert auf eine große

Bandbreite."

Max dachte nach. Jeder normale Mensch musste sich wohl an diesem Ding verschlucken, aber eine Pornodarstellerin, der Deep Throat nicht fremd war, da konnte er sich nicht sicher sein.

"Halten Sie es für möglich, dass sie "trainieren" wollte, um ihre Fähigkeit in diesem Bereich zu verbessern?"

"Ich denke eher nicht. Sie hat mit diesem Dildo zwar trainiert, aber soweit ich weiß, mehr im analen Bereich."

'Vielleicht wollte sie eine Ass-to-Mouth-Szene simulieren', dachte sich Max und musste grinsen, obwohl die Szenerie eher etwas Groteskes, als etwas Lustiges hatte.

"Sie hätte heute auch keine Deep-Throat-Szene gehabt. Heute waren Szenen mit DP, DPP und DVDA auf dem Programm."

"Bitte?" Max waren zwar einige Pornobegriffe bekannt, doch diese Kürzel waren ihm nicht geläufig.

"Double Penetration, Double Pussy Penetration und Double Vaginal Double Anal", erklärte Herr Fux.

'Kein Wunder, dass sie vorher noch mit einem

Dildo vorgearbeitet hat...'

Kaum war Dr. Mutzvink wieder zur Tür raus Richtung Auto, fing er an zu fluchen. "Dieser verdammte Schneider! Was geht den meine Beförderung an?! Der wird hier gleich weg sein! Mir doch egal, wer den Fall löst, zur Not mach' ich das selber!"
Er kam bei seinem Mercedes an und war verwundert, dass sich die Tür nicht öffnen ließ, er hatte doch eben die Fernbedienung betätigt. Er drückte nochmals, aber es tat sich wieder nichts.
"Nein, bloß das nicht..." Er drückte immer wieder auf den Knopf, aber ohne Erfolg, die Batterie des Schlüssels war erschöpft. Gerade als er dachte, er müsste laut aufschreien, wurde er von hinten angetippt.
"Hallo junger Mann! Haben Sie ein Problem mit Ihrem Schlüssel?"
Allein die Anrede 'junger Mann' besänftigte ihn, da er sehr viel wert auf sein jugendliches Erscheinungsbild legte. Er drehte sich um und sah sich einer netten Dame zwischen 40 und 50 gegenüber, die ihn freundlich anlächelte. Er erwiderte das Lächeln.

"Ja, leider. Die Batterie scheint ihren Dienst quittiert zu haben." Nun zog er die Mundwinkel nach unten, wobei er aussah, als habe man ihm sein Pausenbrot geklaut.

"Oh, das ist sehr ärgerlich, aber ich denke, da kann ich Ihnen helfen." Die Dame griff mit ihren schlanken und agilen Fingern nach dem Schlüssel und betrachtete ihn. Nach einer kurzen Sondierung griff sie in ihre große Umhängetasche und zog eine Nagelfeile heraus, mit der sie sich an dem Schlüssel zu schaffen machte. Dr. Mutzvink wollte schon protestieren, doch sie hob die Hand und gebot ihm Stille. Sie musste wohl einmal Lehrerin oder so etwas gewesen sein, denn sie strahlte eine gewisse Autorität aus. Nach wenigen Augenblicken war der Schlüsselkopf in zwei Hälften geteilt und sie machte sich an der Batterie zu schaffen, was ebenfalls nicht lange dauerte. Kaum hatte sie die Knopfzelle aus der Halterung heraus manövriert, da holte sie mit flinken Fingern etwas aus ihrer Tasche.

"Ich habe auch schon öfter das Problem mit leeren Batterien im Autoschlüssel gehabt und diese Halsabschneider in der Werkstatt verlangen Unsummen für so eine kleine Arbeit. Eine so winzige Batterie, da habe ich immer ein paar in Reserve." Mit diesen Worten riss sie die Verpackung mit den Zähnen auf und bugsierte geübt die Batterie in das Schlüsselgehäuse. Ein kurzer fester Druck gefolgt von einem Knacken und der Schlüssel war wieder einsatzbereit. Die Dame drückte den Knopf und man hörte, wie die Schlösser entriegelt wurden. "Diese Batterien halten zwar nicht so lange wie die Originalen, aber sie tun ihren Dienst für ein paar Monate."

Dr. Mutzvink war überrascht und beeindruckt. Er nahm den Schlüssel entgegen und bedachte seine Retterin mit seinem freundlichsten Lächeln, und das wollte etwas heißen. "Ich bin Ihnen zu großem Dank verpflichtet, Frau...?"

"Sagen Sie doch einfach Anita, junger Mann." Sie lächelte ihn freundlich an.

"Lothar. Dr. Lothar Mutzvink." Er reichte ihr die Hand, besann sich aber, führte ihren Handrücken an sein Gesicht und deutete einen Handkuss an.

"Oh, Sie kleiner Charmeur." Sie wurde leicht rot.

"Ich bin Ihnen sehr verbunden, Anita. Wie kann ich mich dafür erkenntlich zeigen?"

"Das ist doch gar nicht notwendig." Sie hob abwehrend die Hände.

"Aber meine Dame, ich bestehe darauf!"

"Nun, wenn Sie darauf bestehen, dann denken Sie sich etwas aus. Ich vermute Sie sind sehr einfallsreich." Sie zwinkerte ihm zu.

"Wie wäre es, wenn ich Sie zum Abendessen einlade? Oder zum Mittagessen, je nachdem wie lange sich meine Arbeit hier hinzieht?" Er holte eine seiner Visitenkarten aus seiner Manteltasche und reichte sie Anita.

"Das würde ich nicht abschlagen. Sie haben hier in der Gegend zu arbeiten?"

"Ja, aber es ist nur eine kleine Formsache, nicht der Rede wert. Ich denke, das dürfte eine sehr schnelle Angelegenheit werden."

Sie lachte herzlich. "Sie gefallen mir, Lothar! Also, dann melde ich mich später bei Ihnen. Am Besten auf Ihrem Handy?"

Dr. Mutzvink hatte mittlerweile sein Handy aus dem Auto genommen und hielt es triumphierend in die Höhe. "Ja. Dank Ihnen bin ich ja jetzt wieder mobil erreichbar!"

"Dann bis später, junger Mann!" Sie winkte ihm zum Abschied zu.

Dr. Mutzvink erwiderte den Abschiedsgruß und war relativ guter Dinge, während er zurück zu dem Filmstudio ging. Eine nette, ältere Frau. Und eine helfende Hand für Menschen, das gefiel ihm, wenn es darum ging, dass er Hilfe brauchte.

Kapitel 4

Max hatte noch ein paar allgemeine Fragen gestellt, ehe er seine Kollegen mit ihrer Arbeit alleine ließ. Nun konnten sie einmal zeigen, dass sie nicht nur zum Gaffen hier waren. Um seine eigene Anwesenheit zu rechtfertigen, bat er Danny Fux um eine Mitarbeiterliste, plus eine Auskunft, wer sich heute beim Auffinden der Leiche alles hier im Haus befunden hatte. Herr Fux bat ihn in sein Büro und druckte ihm alles, was er verlangt hatte, aus, dazu noch ein paar Lebensläufe mit Gesichtsporträts, was Max leicht enttäuschte.

Er bedankte sich bei dem Pornoproduzenten und überlegte sich, wen von der Liste er zuerst befragen sollte, als die Tür nach einem schnellen Klopfen aufgerissen wurde.

"Hey, Danny, wie sieht`s nun bei dir aus? Wir sind alle auf Anfang und warten nur auf dich. Wir stehen alle blöd in der Gegend herum." Die Reibeisenstimme gehörte einem untersetzten Kerl mit Schnauzbart und strähnigen, schulterlangen Haaren. Max dachte, dass der Pornobalken mittlerweile außer Mode war, ebenso die Pornomatte.

"Ich komme sofort!" Danny Fux suchte ein paar Papiere auf seinem Schreibtisch zusammen.

"Sie drehen weiter? Nach so einem harten Vorfall?", Max musste grinsen. "Das ist schon etwas extrem."

"Das wirklich Extreme an der Sache ist, Herr Kommissar, dass wir weiterdrehen müssen. Wir haben Verträge zu erfüllen, Fristen einzuhalten. Wir haben hier einen sehr engen Terminplan."

"Darauf würde ich wetten."

Als Danny Fux seine zweideutige Aussage bewusst wurde, musste auch dieser lachen.

"Ach ja, wenn ich vorstellen darf, das ist Kommissar Max Schneider." Danny wies mit der Hand auf Max.

"Angenehm, Harry Mansta, Herr Kommissar." Ihm wurde eine fleischige, haarige Hand gereicht.

Max überlegte kurz, ob das sein echter Name sein konnte, aber mit einem Blick auf den beachtlichen Ausschnitt und dessen Bewuchs war sich Max sicher, dass es nur ein Künstlername sein konnte. Der Kerl trug allen Ernstes einen hautengen, roten Ganzkörperanzug mit weißen Rüschen, der die Wampe erst Recht in den Fokus setzte.

"Kennen Sie eigentlich den BHC?"

"Hm?"

"Den Brust-Haar-Club?"

"Pfff!", machte Herr Mansta. "Amateure. Ich bin im GKHC."

"Wie bitte? Max war irritiert.

"Ganz-Körper-Haar-Club. Die Typen vom BHC würden sogar Frauen aufnehmen, wenn sie Haare auf der Brust haben."

Max wollte diese Diskussion lieber nicht vertiefen, also wechselte er das Thema. "Wo waren Sie, als die Leiche gefunden wurde?"

Im Gang vor den Garderoben, bin dann von hinten dazu gestoßen, als Ray sie gefunden hat." Er musste kurz über seine eigenen Worte grinsen, ehe er wieder ernst wurde. "Armes Mädchen, war echt sympathisch, und das sind bei Weitem nicht alle, besonders die Erfolgreichen. Ich bin schon lange genug dabei, um einiges erlebt zu haben."

"Wie lange sind Sie denn schon im Geschäft?"

"Mittlerweile etwa 35 Jahre, habe zwischendurch aber mal pausiert und in Mainstreamfilmen gespielt. Aber das hier ist doch meine wahre Berufung."

"Respekt."

Harry wandte sich an den Produzenten. "Danny,

welche Szene wird jetzt eigentlich gedreht?"

"Deine Szene mit Tara ist ja ge... ausgefallen, von daher werd' ich erst einmal Lis und Ronny vorziehen."

"Und was ist mit mir? Soll ich mir weiter die Beine in den Bauch stehen?"

Max schaltete sich in die Diskussion ein. "Wenn es allen hier recht ist, könnten wir mit den Verhören anfangen und wenn Sie im Moment nicht zutun haben, Herr Mansta, würde ich mit Ihnen beginnen."

"Ja, gerne, kein Problem."

"Herr Fux, hätten Sie eventuell einen Raum, den ich als Verhörzimmer nutzen kann?"

"Wir haben eine leerstehende Garderobe, die wir als Lagerraum für DVD's, Gleitgel und weitere Utensilien nutzen, da wären ein freier Tisch und zwei Stühle, würde Ihnen das reichen?"

"Das wäre perfekt. Wo ist dieser Raum?"

"Gleich hier auf dem Gang, zwei Türen weiter, auf der rechten Seite."

"Gut. Herr... Mansta, wenn Sie schon einmal vorgehen wollen?"

"Klar." Harry Mansta verließ das Büro seines Chefs und machte sich auf den Weg. Max wollte eben noch ein paar Fragen zu dem Erfolg der Filme von Harry stellen und nach der genauen Zielgruppe fragen, als es wieder klingelte; das sollte Dr. Mutzvink sein.

Danny Fux eilte, zum gefühlten, hundertsten Mal heute, zur Eingangstür und kam wenig später mit Dr. Mutzvink im Schlepptau zurück. Max war mittlerweile vor dem provisorischen Verhörzimmer angekommen.

"Das hier ist ja ein Labyrinth, wie finden Sie sich hier zurecht?", wollte Max' Chef wissen.

"Mit der Zeit findet man sich hier sogar mit geschlossenen Augen zurecht, alles eine Frage der Übung." Danny Fux wirkte relativ ruhig, er hatte wohl noch nicht besonders viele Worte mit Dr. Mutzvink gewechselt. Aber seltsamerweise schien sein Chef auch sehr gelassen, beinahe fröhlich zu sein. 'Hat der Kerl gerade seine Steuerrückzahlung bekommen oder was?', ging es Max durch den Kopf.

"Schneider, wie geht es mit den Verhören voran?"
"Wollte gerade anfangen."
"Was? Warum trödeln Sie denn schon wieder? Aber ich sehe schon, wenn man will, dass etwas Fahrt aufnimmt, legt man am besten selbst Hand

an!" Ihm schien die Doppeldeutigkeit seiner Worte nicht klar, aber Danny Fux musste die Hand vor den Mund legen, um nicht aufzulachen.

"Wenn Sie das so sehen Chef, hier in unserem Verhörzimmer wartet schon die erste Person. Eine wahre Größe mit Erfahrung und einem sehr tiefen Ausschnitt!"

"Das hat doch für den Fall keinerlei Bewandtnis!", tönte Dr. Mutzvink, aber seine Augen verrieten, dass er äußerst neugierig auf die Person war. Nun konnte Danny Fux sein Lachen kaum mehr unterdrücken.

"Außerdem war die Person als eine der Ersten am Tatort", schob Max hinterher.

"Das klingt schon besser. Dann werde ich einmal mit der Arbeit beginnen, zu der Sie nicht fähig sind, Schneider." Dr. Mutzvink klopfte an die Tür und ohne auf eine Antwort zu warten trat er ein. Max konnte es sich auch nicht länger verkneifen und begann zu kichern. Herr Fux stimmte mit ein, nachdem die Tür hinter Dr. Mutzvink ins Schloss gefallen war.

Kapitel 5

 Max fragte Danny Fux nach der ersten Person, welche die Tote gefunden hatte, dieser von Harry erwähnte Ray. Danny informierte Max, dass Ray sich in seiner Garderobe etwas hingelegt hatte, er war von der Situation mitgenommen. Max versicherte, er würde behutsam vorgehen, dann machte er sich auf den Weg zu der Umkleide von Ray. Max durchstöberte die Papiere, die er von dem Besitzer des Studios bekommen hatte und stieß auf die Pseudonyme von Ray. 'Hm, vielleicht sollte ich auf der Hut sein...', ging es ihm durch den Kopf.

Als er an Ray's Garderobe angekommen war, klopfte er leicht an, ein schwaches "Herein" war die Antwort.

Max öffnete und sah einen jungen Mann, der mit einem Eisbeutel auf der Stirn auf einem Sofa lag.

 "Guten Tag, mein Name ist Max Schneider, ich bin von der Mordkommission. Fühlen Sie sich imstande, mir ein paar Fragen zu beantworten?"

 "Ja, natürlich." Die Stimme wurde etwas fester, klang aber nach wie vor zerbrechlich. Ging ihm der Tod seiner Kollegin wirklich so nahe?

Max nahm auf dem Stuhl Platz, auf den Ray gewiesen hatte, während dieser sich aus liegender Position langsam aufrichtete.

"Entschuldigen Sie bitte, Herr Kommissar, aber so etwas erlebt man nicht jeden Tag."

'Bei mir kommt das unter Umständen schon vor...'
"Natürlich, nehmen Sie sich die Zeit, die Sie brauchen." Max wusste, in welchen Momenten er einfühlsam sein musste.

"Ich nehme an, Sie wollen wissen, wo ich war bevor ich sie gefunden habe. Also, ich war erst in meiner Garderobe und habe mich für den Dreh vorbereitet, die Kleidung herausgesucht, die Haare gestylt und ein wenig... naja, sagen wir, warm gemacht, wenn Sie verstehen, was ich meine."

"Ja, ich verstehe." Er konnte es sich auch bildlich vorstellen, was er aber vermeiden wollte.

"Also ich werde nicht leugnen, dass ich kein Alibi habe, ich war allein hier."

"Das ist sehr zuvorkommend. Zum vorläufigen Abschluss hätte ich nur noch eine Frage: Können Sie sich vorstellen, wer ihr etwas antun könnte?"

Ray dachte einige Sekunden nach. "Sie hat einmal erwähnt, dass es da einen Fan gab, der wohl etwas aufdringlich war, aber das klang mehr nach

Übereifer von seiner Seite, als nach krankhafter Besessenheit, aber sonst fällt mir wirklich niemand ein."

"Ich danke Ihnen bis hierher, wenn ich neue Fragen habe, komme ich auf Sie zurück. Erholen Sie sich gut, Ray."

"Danke. Viel Glück bei Ihren Ermittlungen, ich hoffe Sie finden die Person, die das getan hat."

Max machte sich wieder auf den Weg zum Büro von Danny Fux, als im einfiel, dass er vorhatte, weiterzudrehen. Also machte er vor der Tür wieder kehrt und wollte zum Aufnahmeraum, als sich die Tür des provisorischen Verhörzimmers öffnete und ein gehetzt wirkender Dr. Mutzvink heraustrat. Er hielt etwas in der Hand, was Max nicht genau erkennen konnte.

"Ah, Schnutzfink! Na, wie lief das erste Verhör?", Max grinste ihn erwartungsvoll an.

"Sie!" Kam es bitterböse von seinem Chef. "Sie haben mich total verarscht!"

"Wie bitte? Wollen Sie vielleicht behaupten, eine meiner Aussagen über sein Aussehen wäre falsch gewesen?"

"Verdammt nochmal! Dieser Typ besteht nur aus Fett und Haaren!"

Max nahm die Lebensläufe zur Hand und blätterte nach Harry Mansta. "Und seiner Vita nach zu urteilen, aus einem zwanzig Zentimeter langen und 4 Zentimeter breiten..."

"Schneider!"

"Ich verstehe schon, Sie hätten lieber etwas mit dicken Titten und ohne Brustbehaarung im Verhörraum gehabt, richtig?"

"Unterstellen Sie mir etwa, ich wäre nur hier, um voyeuristische Neigungen zu befriedigen?"

Nein, Max ging davon aus, dass jeder der männlichen Kollegen aus diesem Grund hier war, ihn selbst eingeschlossen. "Was haben Sie da eigentlich in der Hand, Schmutzfink?"

"Was ich hier habe? Dieser Fleischklops hat mir eine seiner DVD's geschenkt! Sehen Sie sich das nur an!" Dr. Mutzvink hielt Max die Plastikhülle unter die Nase.

"Urzeitmenschen intim - Keulenschwinger in der Steinzeit", las Max laut vor.

"Er hat sie sogar für mich signiert!" Mutzvink klang nicht gerade begeistert, dass er ein Autogramm von einem Pornostar erhalten hatte. Als er bemerkte, dass das Grinsen von Max immer breiter wurde, steckte er die DVD in die

Innentasche seines Mantels und rückte seine Brille zurecht.

In diesem Moment kam Danny Fux um die Ecke und Max fiel ein Name von der Liste ein.

"Ah, Herr Fux! Sagen Sie, ist zufällig Gloria T. im Haus?"

"Ja, wollen Sie Glory jetzt verhören?"

"Wenn Sie abkömmlich wäre, sehr gern." Max blickte zu seinem Chef. "Oder wollen Sie das lieber übernehmen, Schmutzfink?"

Die Miene von Dr. Mutzvink hellte sich auf bei dem Gedanken, jetzt doch noch eine hübsche Frau zum Verhör zu bekommen. "Nun, da ich schon mit den Verhören angefangen habe, sollte ich wohl auch weitermachen. Schicken Sie sie doch bitte zu mir, Herr Fux!" Dr. Mutzvink ging zur Tür des Verhörzimmers und öffnete sie einen spaltbreit.

"Herr... Mansta, wir wären dann vorläufig am Ende, danke für Ihre Zeit."

"Kein Problem, Lothar! Dann werde ich einmal meine nächste Szene angehen. Und viel Spaß mit der DVD!"

"Äh, ja, danke nochmals", sagte Dr. Mutzvink stockend, während er sich an die Wand presste, als Harry an ihm vorüberging. Als Harry Mansta verschwunden war, rückte Dr. Mutzvink seine Krawatte zurecht und strich sich über die nach hinten gekämmten Haare, ehe er wieder ins Zimmer ging und sich seelisch drauf vorbereitete, endlich ein entspanntes Verhör zu führen.

Max konnte sich ein Lächeln nicht verkneifen, während er Danny Fux zum Drehort der nächsten Szene folgte.

Kapitel 6

Er war über alle Maßen neugierig. Nachdem er ein paar Worte mit Danny Fux gewechselt und abgeklärt hatte, dass er beim Dreh der nächsten Szene zusehen durfte, stand er nun an der Wand des Zimmers, indem ein großes, rundes Bett stand. Danny Fux nahm ein paar Einstellungen an der Kamera vor und gab dabei einige Regieanweisungen an die Darsteller. Es wirkte fast wie bei einem normalen Filmdreh, abgesehen von den spärlichen Kleidungsstücken der Schauspieler.

Als Herr Fux die Kamera einschaltete, kam eine dralle Blondine herein, die zielstrebig auf Danny zuhielt. Max kam die Frau sehr bekannt vor, ehe es ihm dämmerte: Er hatte sie einmal auf einer Erotikmesse getroffen und sich sogar ein Autogramm geben lassen!

"Hey, Spielberg, hast du das Drehbuch im Kopf?", sie hatte einen Anflug Berlinerisch in der Stimme.

"Ja, warum Lilian?"

Sie blätterte einige geheftete Seiten um, ehe sie antwortete. "Die Szene von Harry und Tara fällt ja aus, Ronny und Jenny hast du vorhin gedreht, also welche Szene steht jetzt auf dem Programm?"

"Lesbo mit Lis. Wo liegt das Problem?"

"Hast du vergessen, wer der zweite Part für die Szene war?"

Danny Fux dachte kurz nach, ehe er sich mit der Hand ins Gesicht schlug. "Verdammt! Die Szene war auch mit Tara geplant..." Der Pornoproduzent wirkte am Boden zerstört, als ihm seine Fehlplanung klar wurde. Warum hatte Keiner etwas zu ihm gesagt? "Was machen wir jetzt?"

"Kein Problem, ich frage Lis, wenn es ihr recht ist, springe ich ein. Auch für die Szene mit Harry."

"Das wäre toll! Aber bist du auch vorbereitet?"

"Du weißt doch, so etwas mache ich aus dem Handgelenk", sagte sie lächelnd und deutete mit ihrer Hand eine Masturbationsgeste an.

"Es ist immer wieder schön, dass man sich auf dich verlassen kann, Schatz." Er zog Lilian zu sich heran und küsste sie innig.

Max klappte die Kinnlade herunter. Diese Beiden waren ein Paar?

"Oh, verzeihen Sie bitte, Herr Kommissar, darf ich Ihnen meine Frau und Geschäftspartnerin vorstellen?"

'Sogar verheiratet?' "Freut mich, Max Schneider." Er reichte ihr die Hand.

"Freut mich sehr, Lilian Pitt." Sie lächelte ihn freundschaftlich an, genau wie damals auf der Messe.

Max spürte, wie er rot wurde. "Sie sind also verheiratet, meinen Glückwunsch. Und Sie betreiben dieses Filmstudio also gemeinsam?"

"Ja. Anfangs waren wir ja nur Kollegen, später waren wir befreundet, dann, als wir dieses Studio übernahmen, Geschäftspartner und schlussendlich auch private Partner." Sie strahlte ihn weiter an.

"Klingt nach einer hollywoodreifen Geschichte." Max dachte nach, wie lange diese Erotikmesse zurücklag und wie alt sie damals war. Sie wirkte, wie ihr Ehemann, wie Mitte 30.

"Da können Sie sicher sein. Aber entschuldigen Sie mich bitte, Herr Schneider, ich muss mich für den Dreh umziehen und mit Lis reden." Sie drehte sich um und ging in die Richtung einer jungen Frau mit brünettem Kurzhaarschnitt, anscheinend die eben erwähnte Lis. Das Umziehen erledigte sie kurz darauf, indem sie ihr luftiges Kleid über den Kopf zog und auf einen Stuhl warf. Nun wurde ihre beachtliche Oberweite nur noch durch einen schwarzen BH verhüllt. Max musste den Blick abwenden, ehe er zu sabbern begann.

"Ihnen gefällt meine Frau, nicht wahr?"

"Entschuldigen Sie, Herr Fux, ich wollte nicht..."

"Nein, nein, Herr Kommissar, wenn ich ein Problem damit hätte, das jemand meine Frau anstarrt, würde ich sie bestimmt nicht in meinen Filmen auftreten lassen. Und geheiratet hätten wir dann erst recht nicht.", er lächelte Max aufmunternd an.

Danny Fux machte sich wieder an die Arbeit, er gab einige Regieanweisungen und der Dreh begann. Max hielt sich natürlich im Hintergrund, betrachtete aber Alles sehr interessiert.

"Und...Action!", rief Danny Fux, als Alle auf Position waren.

Es begann mit einem Smalltalk zwischen Lilian und Lis, der etwa auf Soap-Niveau war, also pornoüblich. Nach kurzer Zeit begannen sich die beiden Ladies interessiert zu betrachten und zu betatschen, was ebenfalls noch wie eine Soap aussah. Doch als die Oberteile abgestreift wurden, musste jedem Zuschauer klar sein, dass das hier definitiv nicht im Vorabendprogramm laufen würde. Sie begaben sich aufs Bett und entledigten sich auch dem Rest ihrer Kleidung, kurz bevor Lis eine Etage tiefer weiterarbeitete. Max war einen halben Schritt nach vorne gegangen, damit ihm kein wichtiger Hinweis in diesem Fall entging.

"Cut!" Diese laute, fast gebrüllte, Regieanweisung ließ Max zusammenzucken und aus seinen Phantasien hart auf dem Boden der Tatsachen landen.

Er wusste nicht, was das zu bedeuten hatte, für ihn hatte Alles einen perfekten Eindruck gemacht.

"Mädels, das haben wir doch besprochen." Danny Fux war zum Bett gegangen und redete auf seine Darstellerinnen ein. "Lis, du weißt doch, du musst richtig rangehen, pack sie an den Backen und zieh sie richtig zu dir hin."

Max war leicht irritiert, war das etwa normal beim Dreh? So hatte er sich das nicht vorgestellt. Nach wenigen Minuten Diskussion, bezog Danny Fux wieder Posten hinter der Kamera und rief "Action!". Max lehnte sich an die Wand und beobachtete das Treiben von Neuem, ehe ein weiteres, entnervtes "Cut!" zu hören war, keine zwei Minuten später. Diesmal schien ihm das Licht nicht zu passen.

Dieses Schauspiel wiederholte sich bestimmt 15 Mal, zumindest kam es Max so vor, und schlussendlich hatte der Dreh einer Fünf-Minuten-Szene fast eine halbe Stunde gedauert.

Max hatte seine Lust verloren, weiter beim Dreh zuzusehen, besonders da Danny Fux ein Privat- und ein Arbeitsgesicht zu haben schien, das Eine extrem gut, das Andere gut extrem.

Max verabschiedete sich von Danny Fux. Er meinte, er müsste noch einmal mit Ray sprechen, aber in Wirklichkeit wollte er diesem Dreh entkommen, besonders da sich Harry Mansta gerade bereit machte und seinen roten Ganzkörperanzug abstreifte...

Als Max an der Garderobe von Ray ankam, hatte sich dieser anscheinend keinen Zentimeter bewegt, seitdem Max ihn verlassen hatte, jedoch wirkte er ein wenig lebhafter als vorhin. Max bat ihn, zum Verhörzimmer zu kommen und Ray versicherte, in fünf Minuten da zu sein.

Max machte sich auf den Weg, er war neugierig, ob Dr. Mutzvink dieses Verhör wirklich besser fand, als das mit Harry Mansta.

Max war sich seiner Illusionen bezüglich des Pornobusiness fast vollends beraubt, als er den Gang entlang ging. Einzig das Wissen, dass es sein

Chef wohl noch schlimmer erwischt hatte, ließ ihn nicht komplett verzweifeln. Es zauberte ihm sogar ein leichtes Lächeln ins Gesicht, als er daran dachte, mit wem Dr. Mutzvink gerade beim Verhör saß. Ob er Glory T. schon ordentlich auf den Zahn gefühlt hatte? Gerade als Max an der Tür lauschen wollte, wurde sie auch schon aufgerissen und ein kreidebleicher Dr. Mutzvink blickte ihn entgeistert an. Er zitterte und hielt verkrampft Etwas in seiner linken Hand, mit der Anderen schloss er schnell die Tür hinter sich.

"Na, Chef, wie lief das Verhör?"
"Sie... Sie wussten das, Schneider!"
"Was wusste ich?"
"Dass diese... Frau..."
"Oh, entschuldigen Sie bitte, Dr. Mutzvink, ich habe Ihnen nur einen der Namen genannt, unter denen Miss Glory T. arbeitet, hätte ich Gloria Trans und Miss Cock auch erwähnen sollen?"
"Sie verdammter..." Dr. Mutzvink versuchte sich zu sammeln, was ihm aber nicht gelang. "Ich habe diese... 'Frau' zum Essen eingeladen und sie hat zugestimmt! Dann hat sie mir eine ihrer DVD's geschenkt und ich...", er brach ab, als er realisierte, dass das Grinsen von Max abermals

immer breiter wurde und er sich noch mehr zum Affen machte, als sowieso schon.

"Das werden Sie mir noch büßen, Schneider!"

"Wenn Sie meinen", sagte Max gleichgültig und zuckte die Achseln. "Ich habe schon die nächste Person zum Verhör bestellt, die erste Person, die die Leiche entdeckt hat: Ein gewisser Ray."

"Ist dieser Ray wenigstens ein normaler Mann?"

"Davon gehe ich aus, glauben Sie vielleicht, mir wären zwei Brüste oder so etwas nicht aufgefallen?"

"Sie bewegen sich auf dünnem Eis!" Dr. Mutzvink drehte sich weg und ging zur Toilette.

"Wo ist denn der nette Herr Mutzvink? Ich dachte, er wollte sich nur kurz die Füße vertreten, oder ist er schon mit mir fertig?" Diese samtweiche, trügerische Stimme gehörte zu Miss Glory T, die gerade ihren Kopf durch den Türspalt steckte.

"Dr. Mutzvink lässt sich entschuldigen, Miss T. Er musste ein anderes Verhör vorziehen, aber ich würde ihn später einfach nochmal darauf ansprechen, und natürlich auf das Abendessen."

"Ah, er hat es Ihnen gegenüber erwähnt?"

"Aber natürlich! Er freut sich schon sehr

darauf!"Diese Worte ließen ein zauberhaftes Lächeln auf dem Gesicht von Miss T. erscheinen. "Aber ein kleiner Tipp: Er schätzt es sehr, wenn man ihn mit Doktor anspricht."

"Na, daran soll es nicht scheitern! Ich werde mein Doktorchen schon gut unterhalten!", sagte sie und setzte einen Schmollmund auf.

"Davon bin ich überzeugt!", gab Max schmunzelnd zurück.

Kapitel 7

Nachdem er Dr. Mutzvink ins Verhörzimmer geschickt hatte, in dem Ray bereits wartete, machte sich Max auf den Weg zu seinen Kollegen von der Spurensicherung. In der Zeit, in der er ein wenig den Dreh beobachtet und sich seine Stimmung versaut hatte, mussten die doch schon etwas herausgefunden haben.

Als er an der Garderobe von Tara Be-Cum ankam, waren seine Kollegen noch kräftig am werkeln.

"Na, wie sieht es denn aus?"

"Tja, sie sieht ganz gut aus, allerdings nicht sehr lebendig", stellte der Doc überflüssigerweise fest.

"Aha. Und gibt es sonst noch etwas?"

"Im Moment kann man davon ausgehen, dass sie erstickt ist. Der recht lange und ziemlich dicke Dildo hat ihr die Luftröhre zugedrückt."

"Wäre es möglich, dass sie das, naja, beim Training selbst getan hat?"

"Ich weiß ja nicht, was du dir in deinem kranken Gehirn zusammenreimst, aber das ist ausgeschlossen. Niemand, und wenn er noch so pervers ist, schafft es, sich selbst mit einem Dildo zu ersticken, und aus Versehen schon gar nicht.

Den hat jemand richtig hineingerammt und festgehalten."

'Also kein Selbstmord oder Arbeitsunfall...' "Gut, gibt es sonst noch etwas, was ich wissen sollte?"

"Ja klar. Eine Menge an Körperflüssigkeiten, im ganzen Raum und auch an der Leiche, aber um was es sich handelt..."

"...natürlich erst nach genauer Untersuchung."

"Du lernst dazu Max, sehr löblich. Aber eine Sache haben wir gefunden, die dich interessieren könnte. Hier." Der Doc übergab ihm einen kleinen Zettel. Es stand nicht viel darauf, aber das hatte es in sich.

"Warum hörst du nicht endlich auf mit diesen ganzen Kerlen zu vögeln? Ich liebe dich doch!!!", las Max von dem kleinen, verschmierten Zettel vor. Das klang doch sehr nach Eifersucht. Er erinnerte sich, dass ihm vorhin jemand etwas von einem Stalker erzählt hatte, dieser Sache sollte er wohl intensiver nachgehen.

Er bedankte sich bei seinen Kollegen und machte sich wieder auf den Weg zu Danny Fux. Als er vor dem Raum stand, in dem gedreht wurde, betete er, dass die Szene von Harry Mansta bereits abgedreht war. Er klopfte an und trat nach einem genervten "Herein!" durch die Tür.

Danny Fux hing an seiner Kamera und schien äußerst abgespannt zu sein, dieser Beruf ging wohl doch sehr an die Materie, oder seine Stimmung hing mit dem Todesfall zusammen. Auf der Couch, die an der linken Wand stand, waren gerade zwei Darsteller, die Max noch nicht gesehen hatte, dabei, sich die Klamotten vom Körper zu reißen. Als er die beiden Pornodarsteller betrachtete, fiel es ihm nicht schwer zu erraten, welchem Porno-Genre dieser Film zuzuordnen war.

Zu Max' Erstaunen lief die Szene ohne Unterbrechung von Danny Fux ab. Entweder war er mit den Beiden vollkommen zufrieden, oder aber er hatte im Moment nicht die Kraft sich einzumischen; Max tendierte zu Letzterem. Als die Szene beendet war, sprach Max den Regisseur auf den Stalker von Tara an.

"Ja, ich habe das mitbekommen, aber Tara meinte, er wäre harmlos. Ein übereifriger Fan, stark auf sie fixiert, aber nicht gewalttätig."

"Wie sahen Sie Das?"

"Ich habe ihrem Urteilsvermögen vertraut, sie war zwar noch recht jung, erst 22, aber für ihr Alter schon sehr erwachsen."

"Kennen Sie den Namen dieses Fans?"

Danny Fux legte zwei Finger an die Schläfe und blickte zur Studiodecke. "Tut mir leid, sie hat ihn wohl einmal erwähnt, aber ich kann mich nicht erinnern."

Ärgerlich, aber Max hatte eine Idee. "Kommt hier noch viel Fanpost per Brief an oder sind es hauptsächlich E-Mails?"

"Es kommen gelegentlich schon noch Briefe, meist mit Rückumschlag für Autogrammkarten."

"Könnten Sie mir Die heraussuchen, die für Tara kamen?"

"Natürlich." Herr Fux wandte sich an seine Darsteller: "Wir machen zehn Minuten Pause!"

Dankbar für diese Ankündigung verzogen sich die meisten der spärlich bekleideten Personen zur Kaffeemaschine, auf die Terrasse um eine zu rauchen oder begaben sich zu der Sitzecke, die neben der Kaffeemaschine an der rechten Wand stand; mit einer Ausnahme: Die Frau, die eben ihre Couchszene hatte, kam barbusig auf Max zu.

"Entschuldigen Sie bitte, aber sind Sie der Kommissar?", wollte sie leicht unsicher wissen.

"Ja, Max Schneider. Wie kann ich Ihnen helfen?" Max hatte leichte Mühe, ihr in die Augen zu sehen. Sie war zwar nicht ganz seine Zielgruppe, aber doch sehr ansehnlich.

"Freut mich Sie kennenzulernen!", nun klang sie schon mutiger. Sie reichte ihm die Hand, die sie eben noch mit einem feuchten Tuch abgewischt hatte.

Nach kurzem Zögern ergriff er sie.

"Die Freude ist ganz auf meiner Seite, Frau..."

"Nennen Sie mich Anni." Sie strahlte ihn kurz an, um dann ernst zu werden. "Wie laufen Ihre Ermittlungen wegen der armen Tara?"

"Nun, ich kann Ihnen natürlich nicht detailliert Auskunft geben, aber wir stehen auch noch am Anfang. Doch bis jetzt gehen wir von Fremdverschulden aus."

"Wirklich eine schlimme Sache. Sie werden uns alle verhören, oder?"

"Solange niemand den Mord gesteht, sieht so der Plan aus." Max dachte kurz nach. "Hätten Sie in etwa 10 Minuten Zeit, zum Verhör zu kommen? Auf dem Gang die leerstehende Garderobe, die als Lagerraum dient."

"Aber mit dem größten Vergnügen, Herr Kommissar!" Sie schenkte ihm ein entwaffnendes Lächeln, anschließend machte sie sich auf den Weg, um sich etwas überzuziehen.

Max machte sich auf den Weg zum Büro von Danny Fux, um die Fanpost von Tara abzuholen. Bei dieser Gelegenheit fragte er auch gleich nach einigen Bildern von Anni, natürlich rein beruflich.

Die Fanpost brachte nicht viele neue Erkenntnisse, außer dass es anscheinend einige Leute gab, die ein Autogramm wollten, ein Typ wollte unbedingt "eine der neuen, extrem heißen Autogrammkarten", wie er schrieb.

Max ging wieder den Flur entlang, wie schon so oft an diesem Tag, als er an dem Verhörzimmer vorbeikam, dessen Tür sich gerade öffnete. Dr. Mutzvink trat mit stoischem Blick und vibrierender Unterlippe heraus.

"Na, Chef, Alles im Rahmen?"

"Ein normaler Mann, was, Schneider?", keifte Dr. Mutzvink.

"Was passt Ihnen denn an Ray nicht? Oder habe ich eventuell wieder einen Namenszusatz vergessen?"

"Gay-Ray! Verdammt nochmal, Schneider, GAY-RAY!"

"Wollen Sie damit vielleicht andeuten, dass homosexuelle Menschen nicht normal wären?"

"Er... Sie...", Mutzvink rang um Fassung.

"Hat er Ihnen etwa auch eine DVD geschenkt?"
"Und ein Poster. In Lebensgröße! Komplett nackt!" Dr. Mutzvink massierte sich die Stirn, was ihm aber offensichtlich keine Entspannung brachte.
 "Sie sollten sich geehrt fühlen. Erst die Transe, jetzt der Schwule, das gibt einem doch Bestätigung, oder etwa nicht?"
 Dr. Mutzvink schien vor Zorn zu beben. Doch anstatt etwas zu sagen, ging er zielstrebig Richtung Toiletten.
 'Hoffentlich macht er keine Flecken auf das schöne Poster...', Max musste Grinsen.
 Er öffnete die Tür und sah Ray an, der sich anscheinend bereit machte, den Raum zu verlassen.
 "Na, wie lief das Verhör?", wollte Max gut gelaunt wissen.
 "Eigentlich ganz ok, aber ich denke Ihr Chef ist Homosexuellen gegenüber nicht so ganz aufgeschlossen, oder? Sie haben ihn wohl angelogen, was mich angeht?"
 "Nein, das nun wirklich nicht. Ich habe ihm gesagt, Ihr Name ist Ray und sie haben als Erster die Leiche gefunden. Das entspricht doch denn

Tatsachen." Max setzte eine Unschuldsmiene auf.

Kapitel 8

Nachdem sich Ray verabschiedet und auf den Weg zu Danny Fux gemacht hatte, um seine erste Szene an diesem Tag zu besprechen, blieb Max allein und recht gut gelaunt am Verhörzimmer zurück.

Er zog sein Smartphone aus der Tasche und suchte die Nummer von seinem Kollegen Arni, den er seit seiner Ankunft nicht mehr zu Gesicht bekommen hatte. Was trieb der Kerl nur? Gerade als er auf die 'Wählen'-Taste drücken wollte, bog Anni in einem dunkelblauen Sommerkleid, das ihr hervorragend stand, um die Ecke. Sie trug vermutlich keinen BH. Sie begrüßte Max wieder mit diesem strahlenden Lächeln.

"Sind Sie bereit für mein Verhör, Herr Kommissar?"

"Aber sicher! Wenn Sie schon im Verhörraum Platz nehmen wollen, ich muss noch schnell einen Anruf machen."

"Ich konnte Polizisten noch nie eine Bitte abschlagen", sagte sie und zwinkerte Max zu. Sie ging in den Raum und schloss die Tür hinter sich, damit Max ungestört telefonieren konnte.

Es dauerte zwei Klingelzeichen bis Arni abnahm, was für ihn sehr ungewöhnlich war. "Ja? Was gibt es denn, Max?" Arni klang genervt, als ob man ihn bei etwas Wichtigem gestört hatte.

"Wo treibst du dich rum, Junge? Du warst nicht beim Doc, nicht im Drehraum und hier beim Verhörzimmer habe ich dich auch noch nicht gesehen. Arbeitest du überhaupt?"

"Max, nur weil du meine Arbeit nicht siehst, heißt das nicht, dass sie nicht vorhanden ist. Ich bin hier gerade bei einem sehr wichtigen Verhör!"

"Wichtig für den Fall oder für dich?" Max kannte seinen Kollegen einfach zugut.

"Kein Kommentar! Wir sehen uns später." Damit wurde das Gespräch beendet und Max war sich absolut sicher, dass der Gesprächspartner von Arni mit Sicherheit keine Brustbehaarung hatte.

Max steckte das Handy wieder weg, als er eine Stimme hinter sich vernahm.

"Es reicht! Keine Verhöre mehr, zumindest nicht mit mir! Ich habe die Schnauze gestrichen voll!" Der gute Dr. Mutzvink war vom Klo zurückgekehrt.

"Wie Sie meinen, die nächste Person wollte ich sowieso selbst verhören."

"Ach ja? Und warum?"

"Das geht Sie nun nichts mehr an, Schmutzfink."
Max setzte seine sture Miene auf.

"Raus damit! Oder ich schmeiße Sie raus!", Mutzvink wurde noch ungehaltener.

"Wenn Sie es unbedingt wissen wollen, es ist eine sehr nette Darstellerin, blond, gut gebaut und sympathisch. Außerdem hat sie ein Faible für Polizisten."

"Wie heißt sie?"

"Anni."

"Zeigen Sie mir die Liste, Schneider!" Dr. Mutzvink war noch misstrauisch. Er nahm die Liste und sah den Namen, ohne weitere Zusätze.

"Also mir gefällt sie", meinte Max und betrachtete ein Bild, das er von Danny Fux bekommen hatte. Dr. Mutzvink kam neugierig näher und warf ebenfalls einen Blick auf das Foto.

"Ah, ich verstehe schon. Jetzt, wo ich alle Transvestiten, Homosexuellen und Freaks verhört habe, wollen Sie sich mit den attraktiven Damen vergnügen, aber nicht mit mir!"

"Eben wollten Sie kein einziges Verhör mehr führen."

"Ich habe meine Meinung eben geändert!" Außerdem kam ihm die Dame auf dem Foto bekannt vor, vermutlich hatte er schon einen Film mit ihr gesehen, und diese Vorstellung gefiel ihm sehr.

"Also bestehen Sie darauf, dieses Verhör zu führen?", erkundigte sich Max.

"Ja, ich bestehe darauf!" Und mit einem Blick auf das Foto schob er nach: "Geben Sie mir das! Das gehört zu den Ermittlungsunterlagen!" Er rückte seine Krawatte zurecht und strich sich über die Haare, ehe er mit neuem Enthusiasmus die Tür aufriss und in den Verhörraum trat.

"Guten Tag, ich bin..." Der Rest des Satzes blieb Dr. Mutzvink im Halse stecken.

"Lothar! Ja was ist denn das für eine schöne Überraschung! Ich dachte ja, der gute Herr Schneider würde mich verhören, aber Sie sind mir natürlich genauso willkommen! Setzen Sie sich doch! Haben Sie ihn noch einmal ausprobiert, funktioniert Ihr Autoschlüssel noch?"

Kapitel 9

Nun da sein Chef beschäftigt war, wollte Max doch näher erörtern, wo sich Arni herumtrieb. Bei der Garderobe von Tara Be-Cum waren die Jungs von der Spurensicherung dabei, die Leiche abzutransportieren, aber von Arni war keine Spur.
 "Wo ist denn der kleine Kollege?", wollte Max an den Doc gerichtet wissen.
 "Arni? Der führt ein Verhör."
 "Aha, und wo ist der gute Verhörer?"
 "Ich glaube, er sagte etwas von einem Verhörplatz mit guter Aussicht", der Doc zwinkerte Max zu.
 'Klar!', dachte sich Max. `Gaffen beim Verhör...'
Max verabschiedete sich von seinen Kollegen und bat darum, ihm sofort Bescheid zu geben, wenn man die Flüssigkeiten analysiert oder neue Erkenntnisse hatte, wobei sich Max relativ sicher war, um welche Art von Flüssigkeiten es sich handelte.
 Er ging wieder Richtung Filmset und fragte sich, was jetzt wohl gedreht wurde, doch kurz nachdem er die Tür geöffnet hatte, wünschte er sich, ihm wäre die Antwort erspart geblieben. Wenige Meter vor ihm standen, fein säuberlich aufgereiht,

Gay-Ray, Glory Trans und Harry Mansta. Nicht nackt, Glory stand barbusig mit einem stark ausgebeulten Tanga da, Gay-Ray mit nackten Oberkörper und in einer Art Latextanga, der zwar den Solarplexus gut verpackte, aber die Eier freischwingen lies, und Harry Mansta mit so etwas Ähnlichem, wie einem grünen Stoffkorsett, was nach der Meinung von Max eindeutig 30 Zentimeter zu kurz war.

Danny Fux stand mit einer Spiegelreflex-Kamera einige Meter entfernt und knipste wie ein Weltmeister. Nachdem er mindestens zwei Dutzend Bilder geschossen hatte, sagte er zufrieden: "Perfekt! Ein Bild für die DVD-Rückseite und für das Filmplakat haben wir jetzt!" Als er den geschockt dreinblickenden Max bemerkte, begann er zu lächeln. "Wie ich schon sagte, wir decken hier viele Genres ab. Das hier wird eine Szene für unseren ambitionierten Film über Gleichberechtigung von sexuellen Minderheiten."

An so etwas Ähnliches hatte Max auch gedacht.

"Damit holen wir den Venus-Award!" Der Regisseur hatte ein Siegerlächeln aufgesetzt. "Also Leute, ab aufs Bett!", gab Danny Fux, wieder gewohnt harsch, Regieanweisungen.

"Also dann, machen wir wieder einen Abstecher nach Darmstadt! Hehehe!" Die dreckige Lache von Harry Mansta sorgte bei Max für extremes Kopfkino.

"Sie spielen auch in Schwulenpornos mit, Harry?" Damit hatte Max nun wirklich nicht gerechnet.

"Hey!", meinte Harry barsch und stiefelte auf den Kommissar zu, während er Max mit einem stechenden Blick taxierte. "Schwul ist nur, wer sich ficken lässt, klar?"

"Äh, klar, natürlich."

Harry's Blick klarte auf und er lachte. "War doch nur ein Scherz, Herr Kommissar!" Er schlug ihm mit seiner Pranke auf die Schulter. "Aber wahr ist: Ich pflanze nur, ich lasse mich nicht bepflanzen." Mit diesen Worten drehte er sich um und schloss sich wieder den beiden Anderen an. Kurz bevor sie durch eine Tür in einen Nebenraum verschwanden, klatschte Harry Gay-Ray noch auf den Hintern.

Max schloss die Augen und massierte sich die Schläfen, er hatte schon eine Ahnung, welche Art von Alpträumen ihn diese Nacht heimsuchen würde...

Als sich die Bilder vor seinem inneren Auge gelegt

hatten, sah er sich in dem ausladenden Raum um. Wo man hinsah, Betten, Sofas, Massageliegen, spezielle Stühle mit Öffnungen, wo keine hingehörten. Da erblickte er Arni, er war locker an eine Art Sado-Maso-Kreuz gelehnt und unterhielt sich mit einer Darstellerin. Als Max näher trat, erkannte er die Frau, die mit Lilian Pitt die Lesbenszene gedreht hatte: Lis Ann.

Arni schien äußerst selbstsicher, eine seiner Polizeigeschichten zum Besten zu geben. Max meinte die Worte "Abgetaucht" und "Getränkefirma" herauszuhören, doch das war auch schon alles, was der Wahrheit entsprach.

'Anscheinend macht sich Arni mal wieder zum Held der Geschichte, aber was soll's...'

"... und als der neue Froschmann dann flüchten wollte, bin ich dem Kerl auf die Flossen getreten, dass es ihn flachgelegt hat!"

Lis machte einen gelangweilten Eindruck, offenbar konnte Arni sie nicht beeindrucken, weder mit seinen Geschichten, noch mit seinen Muskeln. "Haben Sie sonst noch irgendwelche Fragen, Wachtmeister Klein?"

Arni verzog das Gesicht, ob wegen ihres offenen Desinteresses oder der Anrede "Wachtmeister

Klein", konnte Max nicht sagen, er wusste nur, dass Arni Beides gleichermaßen hasste.

"Äh, nein, vorläufig nicht. Danke, Frau... Ann." Sie drehte sich wortlos um und ging zu der Kaffeemaschine am anderen Ende des Raumes.

"Scheint so, als beißt du bei Der auf Granit." Max knuffte seinen Kollegen aufmunternd in die Seite und machte ein paar Grimassen, die wohl an das Zuschnappen eines Haies erinnern sollten.

"Bestimmt 'ne Lesbe", brummelte Arni vor sich hin, sie hatte stark an seinem Ego gekratzt.

"Nichts Schlechtes über Lesben, Arni!"

"Jaja, ich weiß, einige deiner besten Freundinnen sind Lesben."

"Ganz genau, und auf die lass' ich Nichts kommen!" 'Sie mich auf sie natürlich auch nicht...'

"Und sonst, Arni? Hast du irgendetwas herausgefunden, außer, dass du keine Chancen bei ihr hast?"

"Tara war eine gute Kollegin für sie und sie kann sich nicht vorstellen, wer ihr etwas hätte antun wollen." Arni sah Max schräg an. "Irgendwie habe ich mir die Ermittlungen an einem Porno-Set... anders vorgestellt."

Hm, das ging Max nicht anders.

Kapitel 10

Nach einigen aufmunternden Worten, ließ Max seinen Kollegen mit seiner angeknacksten Selbstsicherheit stehen und machte sich, wieder einmal, auf den Weg zum Verhörzimmer. Er spielte mit dem Gedanken, für den heutigen Tag Kilometergeld von Dr. Mutzvink zu verlangen.

Als Max vor der Tür stand, hörte er Gemurmel von der anderen Seite, das er aber leider nicht verstehen konnte. Er lauschte eine Weile sehr angestrengt, doch erst nach ein paar Minuten vernahm er ein "Danke, das wäre alles" recht nah an der Tür. Offenbar hatte der Schmutzfink das Verhör beendet. Max zog sich schnell von der Tür zurück und tat so, als käme er gerade den Gang entlang, als Dr. Mutzvink die Tür öffnete. Sein Blick war leer und seine Körperhaltung ließ jegliche Spannung vermissen, in einer Hand hielt er wieder ein paar neue Aufmerksamkeiten.

"Na, Schmutzfink, DVD oder Poster?", fragte Max mit einem schelmischen Grinsen.

"DVD, Poster und Autogrammkarte...", seine Stimme gab seine Resignation preis. "Wo ist die nächste Person, die ich verhören soll?" Sein

Widerstand war gebrochen und er ergab sich seinem Schicksal.

Max durchflutete ein unbeschreibliches Glücksgefühl. Wie lange hatte er darauf hingearbeitet, mit Worten und Taten, seinen Chef einmal so zu sehen, und jetzt hatten es für ihn, dieser Job und die Pornodarsteller an diesem Set, erledigt! Das war Max' persönlicher Höhepunkt an diesem Tag, vielleicht sogar der ganzen Woche.

"Sie wollen mit den Verhören weitermachen?" Max wollte sich seiner Sache vollkommen sicher sein.

"Ja", gab Dr. Mutzvink tonlos zurück.

"Ich werde mich darum kümmern, gehen Sie doch erst einmal zur Toilette, Chef."

"Ja." Dr. Mutzvink schlurfte los in Richtung der Toiletten.

Max konnte es kaum glauben, sein Chef tat wirklich, was er ihm gesagt hatte. Es musste wirklich schlecht um seine psychische Verfassung stehen. Max hatte fast Mitleid mit ihm.

"Ah, Herr Kommissar! Haben Sie denn auch noch Fragen an mich?"

Hm, die hatte er allerdings, aber die hatten weniger mit dem Fall zutun. Er musterte sie und stellte abermals fest, wie attraktiv sie war, nicht nur für ihr Alter, sondern allgemein. Er verfluchte sich innerlich dafür, dass er seinem Schadensdrang auf Mutzvink nachgegeben hatte, anstatt doch das Verhör selbst zu führen. Doch man musste Prioritäten setzen und er konnte das vielleicht noch nachholen.

"Ich vermute, mein Chef hat Ihnen schon die wichtigsten Fragen gestellt, aber ich könnte später noch die ein oder andere Frage an Sie haben.", er lächelte verschmitzt.

"Jederzeit gerne, Herr Kommissar." Sie gab das Lächeln zurück und Max meinte fast, ein Knistern zu hören. "Wenn Sie nichts dagegen haben, werde ich wieder bei Danny vorbeischauen, ich habe gleich noch eine Szene." Das klang für Max fast wie eine Einladung.

"Ich werde wohl die nächsten Minuten auch bei Herrn Fux am Set vorbeischauen."

"Ich würde mich freuen, Sie zu sehen." Diesem Satz folgte ein angedeuteter Luftkuss.

Nach dem obligatorischen "Bis später" von Beiden, wandte sich Max seiner Liste zu und versuchte, einen neuen, passenden Verhörpartner für Dr. Mutzvink zu finden. Einige Namen lasen sich ganz vielversprechend, jedoch hatten viele der Namen den handschriftlichen Vermerk von Danny Fux, dass sie heute keine Szenen zu drehen hatten und demnach auch nicht am Set sein würden. Einzig ein Name fiel ihm ins Auge, der angebracht erschien.

"Mit wem geht es weiter?", Dr. Mutzvink riss Max aus seinen Gedanken.

"Ich schicke gleich einen gewissen Ronny zu Ihnen, Chef."

"Gut", kam es fast willenlos von Dr. Mutzvink, der sich wieder in den Verhörraum begab.

Nun hatte Max auch den besten Vorwand, wieder zum Set zu gehen, wo er ja sowieso vorbeischauen wollte.

Wieder an der Tür zum Porno-Set angekommen, vernahm Max schon vielversprechende Geräusche aus dem Raum. Er drückte vorsichtig die Türklinke nach unten, um das wohlige Treiben nicht zu stören und trat so leise er konnte durch die Tür. Er suchte mit den Augen den Raum ab und entdeckte Anni auf einem herzförmigen Bett in Aktion. Sie kniete in Hündchenstellung auf dem Bett und stieß heftige Laute aus, während Glory Trans ebenfalls

laut stöhnend an ihrem Hinterteil zu Werke ging.
 'Oh verdammt!' Dieses Bild brannte sich Max ins Gehirn, zu den Bildern von Harry Mansta in seinem grünen Korsett, Glory Trans mit Beule in der Unterbuxe und Gay-Ray mit seiner Schwengelhalterung.
 Max drehte sich weg und starrte an eine Wand mit künstlerischen Aktzeichnungen, das war noch erregender als die Szene auf dem Bett, zumindest für ihn. Den Geräuschen konnte er sich allerdings nicht entziehen. Beide Hände auf die Ohren zu drücken und laut "Lalalala" zu singen, würde wohl seinen Status hier nicht verbessern, also ertrug er es schweigend. Als die Stöhngeräusche einem langen und heftigen Grunzen wichen, schloss Max die Augen und versuchte zwanghaft an eine Tierdokumentation zu denken, in der ein Löwe ein Zebra riss.
 "Das müssen wir wohl nachvertonen", hörte Max Danny Fux sagen. "War ein bisschen zu männlich, Glory." Das sah, oder besser, hörte Max genauso.
 Max führte die Hände auf Höhe seiner Ohren, besann sich aber und ballte stattdessen die Fäuste, während er die Arme verkrampft sinken ließ.
 Als endlich das von Max langersehnte "Cut!" vom

aufgekratzten Danny Fux kam, öffnete er vorsichtig die Augen und sah sich zaghaft um. Glory hatte sich zum Glück schon einen Bademantel übergeworfen und starrte Danny böse an, offenbar war der Spruch vom männlichen Grunzen nicht gut angekommen.

Max dachte kurz nach, weswegen er überhaupt wieder hierher gekommen war, als ihm einfiel, dass Dr. Mutzvink im Verhörzimmer wartete. "Ist zufällig Ronny hier?", rief Max in den Raum.

"Jo, man, hier bin ich!" Der muskulöse Typ mit blondem Kurzhaarschnitt, der auf Max zutrat, erfüllte wohl alle Klischees die man über Pornodarsteller hatte: Zu viele Muskeln an zu vielen Stellen, schwachsinnige Tattoos, deren Sinn wohl nur ein Verrückter erahnen konnte und eine hautenge, ausgebeulte Latexunterhose in schwarz, dazu ein Gang, den man nur ohne den kleinsten Selbstzweifel an den Tag legen konnte.

"Ronny Pflock ist der Name, Alter!" Er streckte Max eine haarlose Hand entgegen. Max sah auf die Finger, mit denen er sich eben noch an seinem Gemächt gekratzt hatte und beließ seine beiden Hände in seinen Hosentaschen.

Als Ronny nach einer halben Ewigkeit bemerkte,

dass Max nicht vorhatte ihm die Hand zu schütteln, wanderte diese wieder an sein Plastikhöschen, offenbar war das Kratzen noch nicht beendet.

"Was kann ich tun für Sie, Mr. Polizei?"

"Wenn Sie sich bitte zum improvisierten Verhörraum begeben würden, wir bräuchten Ihre Aussage Herr... Pflock."

"Ja klar, Alter, kein Ding, Paps!" Breitbeinig und erhaben stolzierte Ronny Pflock durch die Tür, weiterhin mit einer Hand an eben Jenem.

Max hatte mittlerweile ein sehr zwiespältiges Gefühl mit den Ermittlungen hier. Auf der einen Seite lernte man interessante, auf der anderen zu interessante Leute kennen. Aber das war bei seinen anderen Fällen meist auch nicht anders, nur da musste man sich die zu interessanten Leute meist nicht in Unterwäsche, oder noch schlimmer, ohne Unterwäsche ansehen. Zum Glück waren im Moment die meisten Personen hier im Raum relativ gut verpackt, was sein Vorgehen etwas erleichterte, so ging er einigermaßen entspannt, durch den Raum, auf einen entnervt dreinblickenden Danny Fux zu.

"Herr Fux, ich..." Max hielt inne, da er aus dem

Augenwinkel eine Bewegung am offenen Fenster ausgemacht hatte. Er schnellte herum und erblickte gerade noch einen schwarzen Haarschopf, der vom Fenster weggezogen wurde. Er wandte sich wieder an Danny Fux. "Wo ist der nächste Ausgang?"

Danny Fux deutete irritiert an die Wand mit dem Fenster, einige Meter weiter hinten, ehe Max ohne weiteres Wort zu der Tür stürzte. Das Fenster wäre zwar auch eine Option gewesen, aber es wirkte recht schmal für seine breiten Schultern. Er riss die Tür auf und trat auf einen kleinen Hinterhof, der in eine Rasenfläche mit einer Hecke überging. Er sah sich mit schnellen Augen um und entdeckte ein schwarzes Haarbüschel, das verräterisch hinter der Hecke hervorschaute. Max trat leise an die Hecke und trat dagegen, dass es raschelte. Das erschreckte Luftholen kam Max sehr bekannt vor. Er beugte sich über die Hecke und beäugte eine zusammengekauerte Gestalt, die ernsthaft dachte, hier ungesehen zu sein.

"Eddie, Eddie, Eddie", kam es herablassend von Max, "Lernst du denn nie aus deinen Fehlern?" Mit diesen Worten packte er den Kleinkriminellen mit einem Kanninchenfanggriff im Genick und zog die schlaksige Gestalt in die Höhe.

Kapitel 11

Als Eddie wieder aufrecht stand und Max unsicher ansah, wirkte er kleiner als Max ihn in Erinnerung hatte.

"Max, hey, na wie geht`s Ihnen? Was verschlägt Sie denn in diese Gegend?" Er klang wie ein Schuljunge, den man beim Rauchen erwischt hatte.

"Eddie", begann Max, als würde er mit einem kleinen, dummen Kind reden, "hast du denn, von den geschätzten 200 Mal, an denen ich dich festgenommen habe, gar nichts gelernt?"

Eddie sah unsicher zu Boden, dann noch unsicherer zu Max.

"Wer stellt hier die Fragen?", half ihm Max auf die Sprünge. "Also, was hast du hier zu suchen?"

"Ach, wissen Sie, Herr Kommissar, ich spaziere so die Straße entlang, denke mir nichts Böses und da fällt mir doch gerade ein, dass hier ja Pornos gedreht werden. Also denke ich mir, ich gehe am Fenster vorbei und schaue mal, ob man etwas sieht." Er lächelte, ein wenig zu breit und zu falsch.

"Eddie", Max legte ihm die Hand freundschaftlich auf die Schulter, dann drückte er fest zu, dass

Eddie zusammenzuckte. "Warum machst du es uns Beiden so schwer?" Eddie, genannt die Elster, war zwar kein schlechter Kerl, aber er hatte etwas zu verbergen, wie immer, wenn Max auf ihn traf.

"Max, hey, jetzt komm' mal wieder runter." Er versuchte sich aus dem Griff von Max zu winden, was ihm aber nicht gelang.

"Klar doch, sobald du mir sagst, welche krummen Geschäfte du hier am Laufen hast."

"Gar keine, ehrlich! Ich bin so unschuldig wie... wie man nur sein kann! Ein frisch geborenes Baby!"

'Klar, und der Papst verteilt Gratis-Kondome in Afrika...' "Eddie", nun klang Max leicht ungeduldig und sein Griff um Eddies Schulter wurde noch ein wenig fester. "Was genau hast du hier zu suchen?"

Eddie stöhnte leicht auf, ehe er seinen Widerstand aufgab. "Gut, ok, ich sag`s dir ja." Diese Worte ließen Max' Griff lockerer werden. "Ich bin mittlerweile Kurier, keine Drogen, ehrlich!"

Der Griff wurde wieder fester. "Sondern?"

"Medikamente, also Medizin im Allgemeinen."

"Aha", Max ließ die Schulter los und Eddie zog sich sogleich einen Meter von ihm zurück. "Zeig mir diese sogenannten Medikamente."

"Aber... das verstößt gegen meine Vorschriften, das kann ich...", Max schnitt ihm das Wort ab.

"Eddie, wir wissen doch Beide wie das läuft. Du stammelst, ich drohe dir, du sagst es mir, wollen wir uns das nicht sparen?"

"Nein, ehrlich, sonst warst du ja immer im Recht, das gebe ich ja ganz offen zu, aber diesmal bin ich... unschuldig!"

'Es muss also wieder wie früher laufen...' Max zog seine Dienstwaffe und richtete sie auf Eddie's Leistenregion. "Also, hol die Medikamente raus, oder du hast gleich nichts mehr Anderes zum rausholen."

"Das kannst du doch nicht machen!" Eddie wurde schnell panisch, die Waffe wäre gar nicht nötig gewesen.

Max blickte ihn nur schief an.

"Scheiße, immer ruhig bleiben! OK, du hast gewonnen!" Er fummelte an seiner Jackentasche herum.

"Schön langsam, Eddie."

Als es Eddie endlich geschafft hatte, den Reisverschluss zu öffnen und die Schachteln in seinen zittrigen Fingern hielt, steckte Max die

Waffe wieder weg. Er trat zu Eddie und sah sich die Schachteln an.

"Das ist alles korrekt, ich schwör's dir!"

"Du hast Glück, dass du nicht vor Gericht stehst, mein Junge, diese Medikamente kommen aus Holland."

"Äh, ja, und?"

"Die bekommt man hier in Deutschland nicht auf Rezept." Das war nur eine Vermutung, aber Eddie's Gesichtsausdruck bestätigte seine Annahme.

"Ach komm schon! Heutzutage kann sich doch jeder Idiot die Dinger übers Internet selbst bestellen, das ist doch gar nicht illegal, also nicht so richtig..."

Max hob die Hand und zeigte Eddie damit an, dass er still sein sollte. "Einfuhr von nichtzugelassenen Medikamenten, illegaler Weiterverkauf, Steuerhinterziehung..."

"Ja, gut, ich verstehe." Er hob abwehrend die Hände in die Höhe. "Was willst du von mir, dass du die Sache vergisst?"

"Ganz einfach, sag mir, für wen die Dinger sind."

Eddie schien kurz mit sich zu ringen, doch dann nannte er ihm den Namen.

'Hm, das erklärt ein paar Dinge', dachte sich Max, ehe er Eddie die Anweisung gab zu verschwinden und sich endlich ehrliche Arbeit zu suchen, natürlich behielt er die zwei Schachteln ein. Jetzt hatte er einen neuen Ansatz bei seinen Ermittlungen.

Kapitel 12

Max war wieder am Pornoset angekommen und die Dreharbeiten wurden, wie er befürchtet hatte, schon wieder aufgenommen. Dieses Mal war es anscheinend wieder für einen Mainstream-Porno, zumindest schienen die Darsteller danach auszusehen. Der Mann hatte weder Brüste, noch hatte die Frau einen Schwengel, ebenso schienen Beide um die 30 zu sein.

"Verdammt! Perry, warum wird das heute nichts bei dir?" Danny Fux war sehr ungehalten, was Max allerdings nachvollziehen konnte, als er einen verstohlenen Blick unter die Gürtellinie von Perry warf.

"Sorry Chef, ich weiß auch nicht, was das heute ist."

"Ist dir Lilian vielleicht zu alt?", nun klang der Regisseur beleidigt. "Warum kriegst du Keinen hoch?"

"Ich werd' mich ein bisschen hinlegen, dann wird das schon klappen." Perry zog seine Hose hoch und stahl sich davon, ehe der aufgebrachte Danny noch etwas erwidern konnte.

Max nutzte die Gelegenheit und sprach den

entnervten Pornomagnaten an. "Herr Fux, hätten Sie vielleicht einen Moment?"

"Wenn es sein muss", gab dieser zurück, während er hektisch auf seine Armbanduhr sah.

"Es muss leider sein. Also sagen Sie mir bitte, wie lange beziehen Sie schon diese illegalen Medikamente?"

Dieser Satz traf den Regisseur wie einen Hammer, er stand regungs- und fassungslos da. Er starrte Max mit offenem Mund an, während dieser die Medikamentenschachteln aus seiner Manteltasche zog und sie ihm vor die Nase hielt.

Es dauerte eine ganze Weile, bis er sich einigermaßen gefangen hatte. "Woher wissen..." Dann fiel ihm die Situation ein, als Max nach draußen gestürzt war und er konnte sich die Frage selbst beantworten. "Hören Sie, dass ist nicht so, wie Sie jetzt bestimmt denken. Diese Medikamente sind in Holland ganz offiziell verfügbar, da ist nichts Illegales dabei, also dort."

"Dort ist es auch nicht illegal, Gras zu rauchen." Wobei er sich in diesem Punkt gar nicht so sicher war, da er des Öfteren gehört hatte, dass die niederländische Regierung dabei war, die Drogengesetze zu verschärfen, jedoch wusste er nicht, ob dies bereits geschehen war.

"Aber Herr Kommissar, das ist doch etwas vollkommen Anderes! Mein Arzt hat mir diese Medikamente verschrieben, nur..." , er stockte.

"Nur was?"

"Es ist so: Er verschreibt mir immer nur die Leichten, 5 Milligramm Diazepam pro Tablette, das ist lachhaft!"

"Aha, deswegen lassen Sie sich Diese hier, mit 20 Milligramm, von Eddie liefern. Haben Sie mal mit Ihrem Arzt gesprochen, ob da eine psychologische Therapie besser wäre?"

"Hören Sie mir auf mit diesen Quacksalbern! Das ist Alles viel zu langwierig!"

"Aber im Vergleich hierzu nicht illegal."

Danny Fux wusste anscheinend nicht, was er darauf antworten sollte, also blickte er stattdessen nur betreten zu Boden.

"Wissen Ihre Darsteller, dass Sie diese Tabletten nehmen?"

"Ja", kam es prompt.

"Ich meine die aus Holland."

"Äh, naja, nein."

"Und da sind Sie ganz sicher?"

"Ähm... Ziemlich sicher."

Max dachte sich seinen Teil. Es war wohl eher ein offenes Geheimnis, zumindest hier am Set. Die Frage, die sich nun stellte, war, ob dem Regisseur damit gedroht wurde, dass man seine Zuneigung zu diesen Tabletten öffentlich machte. Und ob es ihm einen Mord wert gewesen wäre, dies zu verhindern.

"Herr Kommissar, verstehen Sie doch bitte, dieser Job ist wirklich sehr... aufreibend."

Das konnte Max sich denken, zumindest für die Darsteller.

"Diese Tabletten sind beschlagnahmt."

"Aber...", begann Herr Fux, begriff aber im selben Moment, dass sein Protest sinnlos war.

"Versuchen Sie es lieber mit einem Baldrian-Tee, der beruhigt die Nerven auch", sagte Max im Gehen.

Er wollte sich eigentlich auf den Weg zum Verhörraum machen , doch ehe er den Flur betreten konnte, klingelte sein Handy: Es war der Gerichtsmediziner.

"Hey, Doc, was gibt es denn schon wieder?"

"Tag auch, Max. Ich habe gleich eine Analyse der mutmaßlichen Körperflüssigkeiten machen lassen und ich hatte Recht: Es war größtenteils Sperma, neben ein wenig Scheidensekret auf dem Polster des Stuhls, auf dem die Gute trainiert hat."

"Ist Das so verwunderlich? Die gute Frau war Pornodarstellerin."

"Diese Information ist mir bekannt. Aber dieses Sperma war sehr frisch, höchstens ein paar Stunden alt, was die Frage aufwirft, ob sie an dem Tag schon gedreht hatte und ob es üblich ist, dass in den Garderoben gedreht wird. Denn das gleiche Sperma war nicht nur an und in ihr, sondern auch auf dem Boden um ihren Stuhl herum."

'Gar nicht so dumm, der gute Doc...' "Warte kurz." Max wandte sich nochmals an Danny Fux, der ein paar Schritte entfernt stand. "Hatte Tara heute schon mit einem Mann gedreht?"

"Nein, sie hatte heute keine Szene, bevor sie starb."

"Und wird üblicherweise in Ihren Garderoben gedreht?"

"Nun, das kommt schon vor, wenn wir eine Pseudo-Dokumentation machen, wie es an einem Pornoset zugeht, aber so eine Szene gab es seit einigen Wochen nicht mehr."

"Hast du das mitbekommen, Doc?", fragte Max wieder ins Handy.

"Ja. Das heißt, wir müssen rauskriegen, wer der Kerl war, mit dem sie privaten Beischlaf hatte."
Max kam ein unheimlicher Gedanke. "Du erwartest jetzt aber nicht von mir, dass ich hier rumlaufe und dir Vergleichsproben abzapfe, oder?"
"Keine Sorge, Max, eine Speichelprobe tut es fürs Erste. Ich habe schon einen Kollegen mit den Stäbchen und Röhrchen losgeschickt, du musst gar nichts tun."
"Na immerhin, danke Doc, wir hören uns." Max beendete das Telefonat und wandte sich wieder an den Regisseur: "Herr Fux, wenn Sie bitte dafür Sorge tragen würden, dass sich alle männlichen Personen demnächst hier einfinden würden?"
"Äh, in Ordnung, aber weshalb?"
"Lassen Sie das meine Sorge sein, kümmern Sie sich einfach darum." Mit diesen Worten ließ er den verdutzten Herrn Fux stehen und machte sich auf den Weg zu seinem Chef und dem Pflock-Mann.

Kaum an der Tür angekommen, hörte er ein inbrünstiges Seufzen. Hatte Dr. Mutzvink etwa ein Schäferstündchen mit Ronny? Max näherte sich vorsichtig der Tür und lauschte, aber es waren keine weiteren Geräusche zu vernehmen. Er griff nach der Klinke und drückte sie vorsichtig herunter, innerlich gewappnet gegen jede Perversität, die sich auf der anderen Seite abspielen konnte. Als er zögerlich seinen Kopf ins Zimmer steckte, erblickte er ein Häufchen Elend, das einmal seinem Chef ähnlich gesehen haben musste. Der ehemals stocksteife Dr. Mutzvink saß zusammengesunken mit hängenden Schultern auf einem Stuhl, das Kinn war auf die Brust gesackt und der Blick war zu Boden gerichtet.

"Dr. Mutzvink, alles ok mit Ihnen?", Max war leicht besorgt. Hatte er dem Nervenkostüm seines Chefs zu viel zugemutet?

Wie in Zeitlupe hob sich ein graues, eingefallenes Gesicht und blickte Max leer an. "Alles in Ordnung", kam es lethargisch von seinem Chef. "Haben Sie die nächste Person zum Verhör mitgebracht?"

"Noch nicht. Wie lief es?"

"Sehr gut. Er hat mir von seinen Erfahrungen in seiner bisherigen Karriere erzählt, welche Herausforderung es ist, am Anfang der Karriere mit einer Frau zu drehen, die es mit dem Rasieren nicht so genau nimmt. Welche Verletzungen er sich zugezogen hat, als er auf einem Klettergerüst drehen musste, welche Geschlechtskrankheiten man sich im europäischen Ausland zuziehen kann..." Max hob die Hand.

"Ähm, vielleicht sollten wir die ausstehenden Verhöre zunächst hinten anstellen. Der Doc hat mir gerade mitgeteilt, dass er ein paar Speichelproben braucht. Bis die ausgewertet sind, können, nein, sollten Sie nach Hause gehen und sich ein wenig ausruhen."

Für den Bruchteil einer Sekunde schien so etwas wie Freude in Dr. Mutzvinks Gesicht aufzublitzen. "Wenn Sie meinen." Langsam erhob sich sein Chef und bewegte sich zur Tür, auf dem Tisch blieb eine weitere DVD-Hülle, die vermutlich von Ronny stammte, zurück. Dr. Mutzvink hatte seine Jacke vergessen, doch Max sagte nichts, da er befürchtete, sein Chef würde mit dem Gewicht der Jacke Probleme bekommen.

Er begleitete seinen Chef zum Ausgang. Mit zittrigen Fingern griff Dr. Mutzvink nach dem Türgriff und drückte ihn, um einen Moment später zurückzuprallen. Max konnte ihn gerade noch auffangen und notdürftig auf den Beinen halten. Als er zur Tür sah, verstand er, was der Grund dafür war. Es handelte sich vermutlich um eine Frau. Der Blick wie ein Panzer, die Figur ebenfalls, der Flaum auf der Oberlippe war fast nicht mehr als solcher zu bezeichnen.

"Arbeiten Sie auch hier?", wollte Dr. Mutzvink ängstlich wissen.

"Was dagegen, Sie Fatzke?", ranzte der Panzer ihn an.

Max vernahm ein leises Wimmern von seinem Chef.

"Stören Sie sich etwa daran, dass ich hier putze?" Dieser Satz ließ den Polizeirat erleichtert aufatmen. Er schien auch wieder etwas sicherer auf den Beinen zu stehen, weshalb Max es wagen konnte, ihn loszulassen.

Als der Panzer mit einem missbilligenden Grunzen vorbeigerollt war, ging Dr. Mutzvink zu seinem Wagen und machte sich daran, von hier wegzukommen. Max sah ihm noch kurz nach, aber er schien noch fähig, fahren zu können.

'Vielleicht sollte ich dem armen Kerl eine Verschnaufpause gönnen', dachte sich Max. 'Obwohl mit ihm in diesem Zustand wesentlich leichter zu arbeiten ist...'

Kapitel 13

Kurz nachdem Dr. Mutzvink abgefahren war, klingelte es schon an der Tür und Max ließ den Jungen von der Spurensicherung herein, es handelte sich, zu seinem Erstaunen, um kein Gesicht, das er kannte. Er war noch sehr jung und stellte sich als Nils vor. Offenbar hatten sie in der Kollegschaft Streichhölzer gezogen, wer hierher kommen durfte, und er hatte gewonnen. Oder verloren, falls die Kollegen, die schon hier waren, den selben Eindruck wie Max gewonnen hatten.

Max ging mit dem Frischling Richtung Aufnahmeraum. 'In dem hoffentlich schon alle Schwanzträger warten...'

Kaum traten die Beiden durch die Tür, da richteten sich viele neugierige Blicke auf sie. Max wandte sich an alle im Raum. "Aufgepasst! Wir brauchen von allen männlichen Personen hier eine Speichelprobe!" Nun wechselten sich die Mienen von Neugier zu Erstaunen, Verwunderung und teilweise auch Verärgerung.

"Hey, yo, Alter, was soll der Scheiß?" Offenbar gefiel es Ronny nicht besonders, Körperflüssigkeiten abzusondern solange keine

Kamera lief.

"Polizeiliche Ermittlung. Keine dummen Fragen, Anmerkungen, oder Kommentare!" Max fühlte, dass er sich langsam Respekt verschaffen musste.

"Warum nur von jedem Mann hier?", wollte ein unsicher wirkender Gay-Ray wissen.

"Was habe ich eben über dumme Fragen gesagt?"

"Sind Sie sicher, dass das nötig ist?" Diese Frage kam von Perry Pee-Cock.

Max schloss die Augen und verfluchte sich selbst. Was machten Leute, denen gesagt wurde, dass sie nicht Fragen sollten? Natürlich! Sie fragten umso mehr. 'Verdammte Demokratie! Da haben die Leute einfach keinen Respekt vor der Staatsgewalt...' "Wir müssen ein paar männliche DNS-Spuren, die wir bei Tara Bee-Cum gefunden haben zuordnen. Wir vermuten, dass Diese von Ihrem Stalker stammen, sind uns aber nicht sicher, ob es sich lediglich um Überreste ihrer Arbeit handelt." Das war zwar gelogen, aber offenbar erzielte diese Antwort die gewünschte Wirkung. Auf seine weiteren Anweisungen hin, stellten sich alle Männer in Reih und Glied auf, um ihren Anteil zu entrichten. Max versuchte bei der Prozedur an den Mienen abzulesen, wer etwas zu verbergen hatte, wer sich nicht sicher war, ob er sein, für die Arbeit so wichtiges Erbgut, außerhalb der Drehzeit an einer Kollegin hinterlassen haben konnte. Alle wollten sehr lässig wirken, doch bei fast Jedem schien es mehr als aufgesetzt, abgesehen von Harry. Diesen Typ schien wohl nichts aus der Ruhe zu bringen, außer vielleicht, wenn ihn ein schwuler Kollege "bepflanzen" wollte.

Als die ganze Prozedur abgeschlossen und sich der junge Kollege auf den Weg gemacht hatte, fiel Max noch etwas ein. Er machte sich nochmals zu dem Verhörraum auf. Das letzte Geschenk für Dr. Mutzvink lag noch auf dem Tisch, und darunter das, wonach Max gesucht hatte, der Notizblock seines Chefs. Das würde wohl seine Gute-Nacht-Lektüre werden, da es langsam recht spät geworden und mit neuen Erkenntnissen nicht vor morgen zu rechnen war. Da konnte er genauso gut nach Hause gehen und den Abend gemütlich vor dem PC ausklingen lassen, bei einer guten Tiefkühlpizza und einem Glas Cola-Mix. Hatte er sein neues Spiel schon installiert? Das musste er unbedingt noch erledigen, am Besten während die Pizza im Ofen war.

Während er seine Abendplanung in Gedanken

durchging, machte er sich auf den Weg zu der Abschiedstournee bei den Darstellern, mit dem Hinweis, dass man sich demnächst wieder sehen wird.

Kapitel 14

Der Weg ins Präsidium war heute alles Andere als normal. Es war eine äußerst langsame Fahrt, was wohl daran lag, dass er in seinen Gedanken festhing und auch das Völlegefühl von dem späten Abendessen, dass man schon fast als Mitternachtssnack bezeichnen musste, tat sein Übriges.

Als Max Zuhause angekommen war, machte er die Pizza ofenfertig. Während er Diese mit einer extra Portion Käse, einigen Salamischeiben und Schinkenschnipseln verfeinerte, las er die Notizen von seinem Chef durch. Viele neue Erkenntnisse waren daraus nicht zu entnehmen. Anscheinend war Tara allseits beliebt, ebenso eine engagierte Darstellerin und hatte offenbar keine Vorbehalte, ausgefallene Dinge auszuprobieren, was aus der Aussage von Harry Mansta hervorging. Ebenso hatte sie bereits mit Glory Trans einige Szenen gehabt, die voll des Lobes über ihre Kollegin war. Ronny Pflock bezeichnete sie als extrem heiße Ische. Anni war offenbar getroffen von Tara's Ableben, Gay-Ray hatte laut Dr. Mutzvink wohl sogar ein paar Tränchen in den Augen. 'Also die

Mitleidsschiene, um sich an den Schmutzfink ranzumachen...'

 Nachdem Max sich mit seinem Imbiss und einem gut gekühlten Getränk an den PC setzte und das Spiel startete, dachte er, es würde ein entspannter und erholsamer Abend werden, doch da hatte er sich geirrt. Kaum hatte er 10 Minuten gespielt, da stürzte sein Rechner mit einem Bluescreen ab. Einen Neustart später ruckelte die verdammte Kiste, als hätte jemand die Rechenleistung auf ein Zehntel reduziert. Er versuchte nochmals, das Spiel zu starten, nur um einen weiteren Absturz später entnervt aufzugeben und sich stattdessen sein Tablet schnappte und ein 08/15-Spiel startete, bei dem es darum ging, banal zwei Pfeile abwechselnd zu drücken. Nicht, dass er etwas gegen solche Spiele hatte, aber heute wollte er Eines mit Story und etwas mehr Anspruch.

 Nachdem die Pizza und ein halber Liter Cola-Mix in seinem Magen angekommen waren, freute er sich nur noch auf einen erholsamen Schlaf, doch auch das wurde ihm verwehrt. Das Einschlafen klappte zwar erstaunlich gut, aber die Träume, die ihn heimsuchten, nahmen jegliche Grundlage für einen erholsamen Schlaf mit ins Nirvana.

Es begann noch relativ anregend. Nach einem Abendessen mit Anni lud sie ihn zu sich ein, natürlich wollte sie noch für gute Gesellschaft sorgen und lud ein paar weitere Personen ein. Max dachte dabei an vollbusige, willige Kolleginnen von ihr, doch als es klingelte standen Gay-Ray, Harry Mansta und Glory Trans in der Tür. Max wollte schon abwinken und verschwinden, doch ehe er es sich versah, war er an eine Art Folterkreuz gefesselt. Glory Trans drückte ihm ihre Brüste ins Gesicht, während Gay-Ray's Kopf unter seine Gürtellinie verschwand und er von hinten eine derbe Stimme vernahm, die sagte: "Keine Sorge, entspann dich! Ich pflanze nur, ich lasse mich nicht bepflanzen..."

Nach dieser Szene war Max nach nur sechs Stunden schweißgebadet aufgewacht und traute sich nicht mehr nochmals einzuschlafen.

Er bevorzugte stattdessen, eine Sitzung auf seinem Pott einzulegen, da sein Magen schon rebellierte. Ob der späten Mahlzeit geschuldet oder den schockierenden Bildern im Schlaf, da war er sich nicht ganz sicher. Eine halbe Stunde verbrachte er mit einem Roman in seinem Lieblingszimmer, aber sein Magen schien dennoch nicht zur Ruhe kommen zu wollen.

Nach einem unausgewogenen Frühstück, bestehend aus einem Wurstbrötchen und einem Schokoriegel, heruntergespült mit einem Instant-Cappuccino, machte er sich auf den Weg zur Arbeit, die ihm hoffentlich leichter fallen würde, als der vergebliche Versuch, seit gestern Abend zu entspannen.

Bereit, ja das war er. Die Jacke, die Mütze, die Handschuhe, alles passte. Die Brille war blank poliert, ebenso die Zielvorrichtung. Sein Baby war bereits geladen und einsatzbereit, ebenso die kleine 24 mm in seiner Tasche, man musste ja auf Alles vorbereitet sein. Ein letzter, prüfender Blick in den Spiegel, ein kurzes Lächeln, und er war zufrieden mit sich, doch wenn er heute Abend nach Hause kam, würde er noch zufriedener sein, da war er sich sicher.

Der Riemen um seinen Hals scheuerte, aber das war bei dem schweren Gerät, das daran hing, völlig normal. Er öffnete seine Wohnungstür, ging durch das Treppenhaus zur Haustüre hinaus und stieg in seinen Wagen, mit dem er sich auf den Weg zum Filmstudio machte.

Kapitel 15

Nachdem er durch die Tür getreten und damit offiziell seinen Arbeitstag begonnen hatte, fühlte er sich ein wenig besser. Die Traumbilder gingen ihm zwar immer noch durch den Kopf, aber sie nahmen nicht mehr den Hauptteil seiner Gedanken ein. Zum Glück.

Er ging zur Treppe und wollte sich auf den Weg zu seinem Büro machen, als ihm der Gedanke kam, er sollte dem Doc nochmal kurz auf die Nerven gehen. Also ging er zur anderen Treppe und ab in den Leichenkeller. Der Fahrstuhl wäre zwar auch frei gewesen, aber für ein Stockwerk wäre das doch ein Zeichen von zu großer Faulheit.

"Na, heute schon einer Leiche den Schmuck geklaut?"

"Hallo Max. Nein, ich bestehle nur Tote, die ich nicht leiden kann, also warte ich darauf, dass du hier auf meinem Tisch liegst." Schlagfertig wie immer, der gute Doc.

"Und mit was hast du dir die Zeit vertrieben, während du darauf wartest, dass ich auf deinem Tisch lande?"

"Tja, Max, ob du's glaubst oder nicht, es gibt

schon Erkenntnisse. Vor ein paar Minuten wurden mir die Ergebnisse der DNS-Untersuchung reingeworfen, und wir haben einen Treffer bei dem Sperma."

"Was? So schnell?"

"Manchmal hat man mit der ersten Probe schon Glück, wie in diesem Fall." Der Doc reichte Max ein Blatt.

"Das glaub' ich jetzt nicht!", entfuhr es Max.

"Das kannst du ruhig glauben. Die Ergebnisse sind zu 99,999... Prozent sicher."

"Dann trommle mal die Spurensicherung zusammen, wir werden seine Garderobe auf den Kopf stellen müssen."

"Haben wir dafür genügend Anhaltspunkte?"

"Wir haben Sperma an der Leiche gefunden und er hat es nicht für nötig gehalten, uns darüber zu informieren, dass es Seines war. Das könnte man als Behinderung der Ermittlungen auslegen."

"Wenn man es so sieht..."

"Also, Doc, Team zusammenstellen, in 10 Minuten ist Abfahrt!" Max wandte sich um und ging zum Fahrstuhl, für zwei Stockwerke konnte man den Komfort schon nutzen.

Oben angekommen, sah er Dr. Mutzvink auf dem

Gang. Er wirkte wieder sicherer auf den Beinen als am vorherigen Abend.

"Schneider", kam es tonlos von Max' Chef, als er ihn erblickte.

"Chef, wie geht es Ihnen?" Das klang aufrichtiger, als Max beabsichtigt hatte.

"Gut", erwiderte sein Chef, ohne seine sonst gut hörbare Überheblichkeit. "Mir geht es gut."

Max vermutete, dass sich die Träume von Dr. Mutzvink in noch schlimmeren Sphären bewegt hatten, als seine Eigenen.

"Und, sind Sie bereit für die nächste Runde der Ermittlungen?", wollte Max wissen. "Ich mache mich in einigen Minuten auf den Weg."

"Ja. Ich komme später nach." Er drehte sich um und verschwand in seinem Büro. Sollte sein Chef auf Dauer so bleiben, hatte Max einen ruhigen Lebensabend in diesem Polizeirevier.

Die Fahrt war nicht besonders ereignisreich, aber seine Erregung hatte dennoch stark zugenommen, in Erwartung dessen, was nicht mehr weit vor ihm lag. Er war nun zu Fuß unterwegs und legte die letzten Meter zu dem Filmstudio zurück. Das Auto hatte er ein paar Straßen weit weg abgestellt, nur zur Sicherheit.

Als er das Filmstudio nur noch 20 Meter vor sich hatte, wechselte er die Richtung, er lief auf den Gehweg, der in einem großen Bogen um das Filmstudio herum führte. Als er auf der Rückseite ankam, sah er sich um: Niemand, der ihn beobachtete. Er hielt auf die Büsche zu und ging hinter ihnen in Deckung, während er seine Ausrüstung checkte.

Max kam bei dem Filmstudio an, kurz bevor der Lieferwagen mit der Mannschaft der Spurensicherung auf dem Parkplatz einbog. 'Das wird bestimmt eine Überraschung.' Da denkt man, die Spurensicherung ist schon fertig mit ihrem Abstauben, Fotografieren und Abkleben, und dann tauchen sie einen Tag später wieder auf, und machen das Gleiche nochmal in einem anderen Raum... 'Wenn das nicht den Täter aufschreckt, dann weiß ich auch nicht...'

Max war gespannt, welche Darsteller heute am Set waren und ob sich noch ein paar Freaks für seinen Chef finden würden. Als er die Darstellerliste heute Morgen nochmals überflogen hatte, stach ihm ein Name ins Auge, der vielversprechend klang, aber er wollte erst sichergehen, dass der Name nicht bloß Zufall war.

Max war bei der Tür und wollte den Klingelknopf drücken, als er aus den Augenwinkeln eine Bewegung wahrnahm. Als er sich umdrehte, erblickte er eine ihm wohlbekannte Person, die, sobald sie ihn erblickte, auf dem Absatz kehrt machte und wieder gehen wollte.

Er zog die Waffe und richtete sie auf die Person, die sich eiligen Schrittes aus dem Staub machen wollte. "Eddie, Eddie, Eddie... Komm ganz schnell wieder zurück."

Eddie blieb stehen und ließ die Schultern durchhängen. Langsam drehte er sich um, den Blick auf die Waffe gerichtet, die Max dazu benutzte, ihn zu sich zu winken. Eddie kam der Aufforderung nach und schlurfte zu ihm.

"Anscheinend habe ich mich gestern undeutlich ausgedrückt..." Max setzte eine gespielt, enttäuschte Miene auf.

"Max, ich schwöre dir, diesmal..." Aber er erkannte, wie sinnlos diese Ausflüchte waren, also ließ er es sein.

"Dann hat der gute Herr Fux wohl Tabletten nachgeordert, obwohl ich ihm nahegelegt habe, es mit Baldriantee zu versuchen."

 Eddie's Gesichtsausdruck verriet Verwunderung, ehe er versuchte, ein neutrales Gesicht aufzusetzen. "Äh, ja, genau."
Der Kommissar sah ihn misstrauisch an, da stimmte doch etwas nicht. "Zeig mir die Medikamente."

 "Aber warum denn? Du kennst sie doch schon."

 Max nahm seine Waffe wieder hoch und hielt sie Eddie unter die Nase. "Wenn ich bitten darf?"

 Es lief fast ab wie am vorherigen Tag, als Eddie leicht panisch nach der Ware in seiner Jackentasche kramte und sie schließlich herausfummelte, um sie ihm zu übergeben. Dieser nahm die Schachteln entgegen und staunte.

 'Das gibt es ja nicht! Klischee erfüllt.' "Für wen sind die Dinger, Eddie?"

Kapitel 16

Nun hatte Max die Wahl. Nachdem er Eddie, mit dem Hinweis ihn an seinem Sack zu packen und ins Gefängnis zu stecken, wenn er noch einmal hier auftauchen würde, nach Hause geschickt hatte, wollte er die Ermittlungen voran bringen.
Nachdem er geklingelt hatte, wurde er von einem erstaunten Ronny Pflock empfangen. Auf die Nachfrage von Max, warum der Chef nicht öffnet, wurde ihm gesagt: Er fühle sich nicht fähig dazu.
Als Max im Schlepptau von Ronny zu dem Filmset kam, das er schon von gestern kannte, glaubte er nicht, was er da sah. Ein lethargischer Danny Fux saß dort am Tisch, wo die Darsteller gestern noch ihren Kaffee getrunken hatten und rührte wie ein alter Mann in seiner Tasse, aus der die Schnur eines Teebeutels heraus hing. Offenbar hatte er Max' Rat beherzigt. Die Darsteller standen hier und da verstreut und unterhielten sich. Harry mit Glory, Lilian mit Lis und Ray mit Perry. Diese Beiden, die sich recht angeregt unterhielten, steuerte Max an. Als sie ihn und die Kollegen der Spurensicherung erblickten, machten sie große Augen.

"Guten Morgen, Herr Kommissar. Ich dachte, Sie haben in Tara`s Garderobe schon alles fotografiert und katalogisiert."

"Guten Morgen. Stimmt, wir sind auch nicht wegen Tara's Garderobe hier, heute geht es um Ihre. Wenn Sie mir bitte ins Verhörzimmer folgen würden?"

Er wirkte ein bisschen verschreckt, kam der Aufforderung aber mit leichtem Zögern nach. Perry sah Ray und Max mit einem schiefen Blick hinterher, als sie sich davonmachten.

Nachdem Max mit seinem Interview-Partner im Verhörzimmer verschwunden war, setzte sich Ray auf den Stuhl, der gestern schon einmal sein Platz gewesen war und sank in sich zusammen. Max nahm ebenfalls Platz und steckte die DVD, die sein Chef gestern liegen gelassen hatte, zu den Anderen in Dr. Mutzvink's Jacke.

Ray blickte zu Boden, in den er wohl am liebsten versunken wäre.

"Sie können sich denken, was ich mit Ihnen bereden will, oder Ray?"

Ray antwortete nicht, nickte nur langsam.

"Also, wollen Sie mir erzählen, wie Ihr Sperma in Ihre Kollegin gekommen ist? Ich meine, ich hätte

Jeden hier verdächtigt, nur nicht Sie."

"Das ist nicht so leicht zu erklären."

"Ist der Name Gay-Ray und das Drehen von Schwulenpornos nur eine Masche? Sind Sie Bi oder wie kam es dazu?"

"Nein, nein", winkte Ray ab, "ich war schon immer schwul. Selbst in der Grundschule hat es mich erregt, wenn sich im Sportunterricht die Jungs in der Umkleide ausgezogen haben. Damals wusste ich natürlich noch nicht, was Das bedeutet. Frauen haben mich nie interessiert, aber... Als ich Tara hier am Set kennenlernte, da waren wir nach kürzester Zeit beste Freunde, haben über alles geredet und uns einfach prima verstanden, und das war es auch, anfangs. Einige Monate später haben wir zusammen ein Paar über den Durst getrunken, und sie hat mich gefragt, ob ich denn überhaupt schon einmal etwas mit einer Frau gehabt habe. Ich sagte nein. Dann fragte sie, ob ich eine Frau schon einmal angefasst hätte, und ich sagte wieder nein. Dann hat sie gefragt, ob ich überhaupt schon einmal eine Frau geküsst hätte, und die Antwort war wieder nein."

"Aha, sie wollte Ihnen also zeigen, was Sie bisher verpasst hatten."

"Nein, wirklich nicht, so war Tara nicht. Sie war zwar erstaunt davon, hat aber nichts in diese Richtung gesagt. Ich habe dann gemeint, ich könnte mir nicht vorstellen, eine Frau zu küssen, außer wenn sie diese Frau wäre. Zuerst war sie verwundert, dann meinte sie, dass ich Das eh nicht machen würde, daraufhin habe ich sie geküsst und... es hat mir gefallen. Damit war die Sache fürs Erste erledigt, aber diese Erfahrung ging mir nicht mehr aus dem Kopf, und irgendwann, als wir wieder einmal was zusammen getrunken hatten, brachte ich das Thema wieder zur Sprache. Ich meinte im Scherz, dass ich es auch ausprobieren würde, sie anzufassen. Sie hatte kein Problem damit, empfand es wohl als Spaß, doch als ich sie dann im Arm hielt, küsste ich sie wieder. Zuerst wich sie zurück, aber dann sahen wir uns in die Augen, und... sie können sich ja denken, was dann passiert ist." Ray's Stimme wurde heißer, es viel ihm offenbar schwer, über Tara zu reden.

"Hm, ja. Und neben dem Küssen hat Ihnen wohl auch der ganze Rest gefallen, nehme ich an."

"Ich konnte mir mein ganzes Leben lang mit keiner Frau etwas vorstellen, aber Tara... war etwas Besonderes." Nun traten ihm Tränen in die

Augen und er begann leise zu schluchzen.

"Sie hatten sich in sie verliebt."

"Ja", kam es schwach von Ray, "Zumindest ein wenig."

'Ein wenig?' Max erinnerte sich, als er das letzte Mal so drauf war, damals war er bis über beide Ohren verknallt in diese Frau, die ihm schlussendlich das Herz heraus gerissen hatte und darauf rumgetrampelt war. Das war zum Glück schon lange her.

"Und Sie haben sich gestern mit ihr in der Garderobe getroffen."

"Ja. Und es war... Wir haben erst geredet, aber irgendwie überkam es uns und... Ich habe ihr nichts getan, Herr Kommissar, wirklich, das hätte ich nicht gekonnt!"

Max dachte daran, wie oft er das schon gehört hatte, und wie oft diese Worte der Wahrheit entsprachen.

"Ich muss Sie leider bitten, mit auf's Revier zu kommen, für eine detaillierte Aussage." Er hätte auch sagen können: Sie sind festgenommen. Aber das kam Max zu hart vor.

Ray nickte wieder langsam, offenbar fügte er sich, wie gestern sein Chef, in sein Schicksal.

"Warten Sie hier, ich werde alles Weitere veranlassen." Max wollte ihn nicht selbst zum Revier bringen, er hatte das Gefühl, dass er hier noch nicht fertig war.

Er verließ das Zimmer und ließ den in Tränen aufgelösten Ray zurück. Er nahm sein Handy heraus und rief seinen Kollegen Arni an. Nach dem üblichen Geplänkel wies Max ihn an, einen Polizeiwagen oder Kleinbus zu schicken, um einen Verdächtigen anzutransportieren. Auf Arni's Nachfrage, warum er das nicht selbst erledigte, erwiderte Max nur, dass die Ermittlungen noch nicht abgeschlossen wären, was aus seiner Sicht auch zutreffend war.

Nachdem er das Gespräch beendet hatte, machte er sich wieder auf zum Filmset und fand auch gleich die Person, die er gesucht hatte.

Perry Pee Cock machte sich anscheinend warm für eine Szene.

"Perry, wir müssten etwas besprechen."

"Entschuldigen Sie bitte, aber ich muss mich auf meine Szene konzentrieren." Perry fummelte an seinem Gemächt herum, aber offenbar fiel ihm das Konzentrieren alles Andere als leicht.

"Es geht auch um Ihre... Konzentrationsfähigkeit.

Also, können wir reden?"

Perry sah Max mit leicht erschreckt blickenden Augen an und gab nach einigen Sekunden seine Einwilligung, aber nur unter vier Augen.

Diese Bitte konnte Max nur zu gut verstehen, also gingen sie gemeinsam Richtung Garderoben.

Als sie in Perry's Umkleide angekommen waren und die Tür geschlossen war, zog Max wortlos die Medikamentenschachtel aus seiner Tasche und legte sie auf die Kommode.

Perry sah unsicher von Max zu der Schachtel und wieder zurück.

"Also, wollen Sie nichts dazu sagen?"

"Herr Kommissar", begann Perry mit einem kumpelhaften Ton, "Sie wissen doch, wie das ist. Es gibt die guten Tage, an denen Einem alles gelingt, und es gibt die Tage, an denen man ein paar Hilfsmittel braucht." Er setzte ein selbstsicheres Lächeln auf.

"Hm, da gebe ich Ihnen Recht, aber was macht man, wenn sich die schlechten Tage häufen und der Arzt nicht bereit ist, Einem immer auszuhelfen? In Ihrem Fall bestellt man sich die Hilfsmittel auf illegalem Wege."

"Also bitte, dieses... Medikament ist doch nicht

illegal!"

"Aber verschreibungspflichtig."

Perry sah zu Boden, offenbar wusste er nicht, was er sagen sollte.

"Ich vermute, Sie haben Ihr Problem nicht an die große Glocke gehängt?" Max grinste, Perry schien es aber nicht zu bemerken.

"Wissen Sie eigentlich, wie viele Kollegen Errektionshilfen benutzen? Das ist keine Besonderheit in diesem Geschäft."

"Kann ich mir vorstellen, aber wie steht man da, wenn es herauskommt?"

Perry musste nun ebenfalls grinsen. "Sie sind ein heller Kopf, Herr Kommissar, das muss ich Ihnen lassen. Ja, es sind zwei verschiedene Dinge, die kleinen blauen Pillen zu nehmen und es offen zuzugeben. Da kommt einiges an Hohn und Spott auf Einen zu. Aber glauben Sie mir, ich bin darüber erhaben."

"Wenn es Keiner wusste, glaube ich Ihnen das sofort. Aber kann es nicht sein, dass es jemand herausbekommen hat? Tara zum Beispiel?"

Nun wurde Perry klar, worauf Max hinaus wollte, und er wurde wieder ernst. "Niemand hier wusste davon, also hatte ich auch kein Motiv für das, was

Sie mir hier unterstellen wollen. Kann ich jetzt gehen?"

"Natürlich."

Perry ging zur Tür und wollte nach der Medikamentenschachtel greifen, aber Max kam ihm zuvor. "Bedauere, aber Die sind konfisziert. Sie werden sich konzentrieren müssen."

Perry sah Max wütend an, sagte aber nichts mehr und verzog sich.

'Der wird auch noch auf's Revier kommen müssen für ein intensiveres Verhör', ging es Max durch den Kopf, und er klopfte sich in Gedanken selbst auf die Schulter, dass er mit seinem Gefühl wieder einmal richtig gelegen hatte.

Kapitel 17

Der Arbeitstag hatte kaum begonnen und einer der Verdächtigen saß heulend im Verhörzimmer. Der Andere war stinksauer auf ihn, weil er ihm seine Konzentrationsmedizin weggenommen hatte, wenn das keine gute Leistung war! Darüber hinaus hatte er zum zweiten Mal in weniger als 24 Stunden Eddie die Elster verschreckt. Aber eine so schnelle Arbeitsweise forderte ihren Tribut, er hatte nichts zutun. Nun hieß es warten auf den Abholdienst. Was konnte man da am Besten machen, um sich die Zeit zu vertreiben? Bevor er diesen Fall hatte, wäre er nicht davon ausgegangen, dass man sich an einem Pornoset langweilen konnte, aber da hatte er sich geirrt.

Nach einer Weile, in der er nur dumm herumgestanden hatte und seinen Gedanken nachhing, in denen wieder ein paar Traumbilder der letzten Nacht hochkamen, beschloss er, Danny Fux noch ein paar Fragen zu stellen. Also machte er sich, in der Hoffnung, dass heute noch ein paar Mainstreampornoszenen gedreht werden, auf den Weg zum Set.

Kurz nachdem er eingetreten war, schienen seine

Hoffnungen erfüllt zu werden. Lis Ann wurde von einer sehr geschickten Anni zwischen den Beinen bearbeitet und in einer anderen Ecke des Raumes machte sich gerade eine junge schwarze Darstellerin, die Max noch nicht kannte, gerade "warm", wie man das, was sie mit dem Dildo anstellte, wohl nannte. Max ging in Gedanken die Darstellerliste durch, er war sich ziemlich sicher, dass ihr Name Jenny Black lauten musste. Zumindest würde er zu ihr passen. Seidiges schwarzes Haar, das bis über die Schultern reichte, schokoladenbrauner Teint und, aus seiner Sicht, perfekt proportioniert, nicht zu wenig und nicht zu viel auf den Rippen, einfach genau richtig.

Max sah sich um und entdeckte den Herrn Regisseur und Kameramann in Personalunion natürlich hinter der Filmmaschine. Ein paar kurze Anweisungen wurden gerufen, aber er schien im Großen und Ganzen zufrieden mit der Leistung seiner Darsteller, oder der Baldriantee wirkte besser als erwartet.

Als die Szene abgedreht und die beiden Frauen ausgepowert waren, trat Max zu Herrn Fux und erkundigte sich nach Perry Pee-Cock.

"Was wollen Sie über ihn wissen?"

"Nun, zum Beispiel, seit wann er diese gewissen... Schwierigkeiten hat, in seinen Rollen standhaft zu bleiben."

Danny Fux senkte die Stimme und beugte sich zu Max. "Hören Sie, Herr Kommissar, das ist keine Sache über die man gerne spricht."

Das konnte sich Max schon denken. "Natürlich, aber da ich hier eine Mordermittlung leite, werden wir leider darüber sprechen müssen."

"Perry ist ein feiner Kerl, und wie lange er genau dieses Problem hat weiß ich nicht, ich kann Ihnen lediglich sagen, dass es mir vor ein paar Tagen zum 1. Mal aufgefallen ist."

"Aha, und wem ist es sonst noch aufgefallen?" Max hatte da so eine Ahnung.

"Naja, es kann allen, die zu dem Zeitpunkt hier am Set waren aufgefallen sein, schätze ich mal." Und dann schob er nach: "Und natürlich seiner Drehpartnerin in dieser Szene."

"Tara Be-Cum." Das war mehr eine Feststellung als eine Frage.

"Ja", kam es kleinlaut von Herrn Fux. "Aber ich denke nicht, dass das irgendetwas mit ihrem Tod zutun hat."

Da war sich Max nicht so sicher, zumindest hatte

ihn Perry belogen. "Danke für die Information. Und eine andere Frage hätte ich da noch: Wer ist die Dame, die sich da hinten gerade mit dem Dildo vergnügt?"

"Oh, das ist Jenny Black, eine tolle Frau! Sie arbeitet zwar nur gelegentlich mit uns hier, aber ihre Szenen sind einfach der Hammer!"

Davon ging Max auch aus.

Mittlerweile waren ein paar Jungs von der Spurensicherung im Raum eingetroffen und blickten sich verstohlen um, wohl auf der Suche nach Spuren, die sie sichern konnten.

"Was für eine Szene wird denn als nächstes gedreht, wenn ich fragen darf?"

"Eine Dp-Szene mit Jenny, Ronny und Perry."

Max überlegte, ob er Danny Fux sagen sollte, dass Perry vermutlich "indisponiert" sein würde, entschied sich aber dagegen, er wollte den Anderen nicht die Überraschung versauen. Wie Danny ihm mitteilte, würde die Szene mit Jenny und Ronny beginnen, und Perry sollte später "dazu stoßen". Also lehnte sich Max an die Wand und wartete, bis Danny Fux "Aktion" rief.

Alle Darsteller hatten sich an die Kaffeebar zurückgezogen, ebenfalls ein paar Mitglieder der

Spurensicherung. Eine junge blonde Frau, die neu im Team war, hatte sich einen Kaffee genommen und unterhielt sich mit Lis Ann, offenbar war sie heute redseliger als gestern mit Arni.

Max wurde langsam unruhig, wann fing die Szene denn nun endlich an?

Er hatte den perfekten Platz hinter diesen Büschen gefunden, der Blick in den Drehraum war ideal, und er war dennoch recht gut verborgen.

Er hatte schon einige bekannte Gesichter erblickt, aber noch nicht das, wegen dem er hier war. Stattdessen hatte er eben einen seltsamen Typen im Visier, der sich mit dem Regisseur und Besitzer des Studios unterhalten hatte. War das ein neuer Darsteller? Er sah nicht danach aus, eher wie ein abgehalfterter Porno-Freak, aber Diese wurden normalerweise nicht ins Studio gelassen. Er hatte kein Interesse an ihm, also schwenkte er sein Gerät und suchte weiter nach der richtigen Person, aber sie war nicht aufzufinden.

"Hey, was machen Sie da?"

Diese Worte rissen ihn aus seinem Suchmodus, er schreckte auf und sah zur Seite, in die Richtung aus der die Worte kamen. Er erblickte einen

breitschultrigen Riesen, der ihn böse anstarrte.
'Verdammt, haben die hier jetzt einen Sicherheitsdienst?', schoss es ihm durch den Kopf, ehe er von kräftigen Händen gepackt und mühelos aus seiner liegenden Position hochgezogen wurde.

Kapitel 18

"Cut!", kam es genervt von Danny Fux, während er sich die Schläfen massierte und an die Studiodecke starrte. Jenny Black und Ronny Pflock verharrten in ihrer Bewegung und Perry Pee-Cock blickte auf seine Männlichkeit, die wie tot in seiner Hand lag.

Auch wenn man sich von einem Drehtag an einem Pornoset andere Dinge versprach, amüsierte sich Max königlich. Es war zwar gerade alles andere als anregend, aber dafür hatte er seit Langem keine so gute Comedyshow gesehen. Jenny und Ronny waren voller Elan bei der Arbeit, als Perry von hinten dazu kam und verzweifelt versuchte, dieses schlaffe Etwas bei Jenny einzuführen, was aber einfach nicht gelingen wollte. Max hätte beinahe Mitleid entwickelt, aber irgendetwas an Perry's Art gefiel ihm einfach nicht, darüber hinaus war er durch die Aussage von Danny Fux mittlerweile auch einer der Verdächtigen aus der ersten Reihe, neben Teilzeit-Gay-Ray.

Perry sah von seinem wie abgestorbenem Gemächt langsam zu Max, sein Blick spießte ihn förmlich auf. Max gab ihm ein förmliches Nicken zurück. Was konnte denn Max dafür, dass seine Berufswahl so unglücklich war und er nun wohl umschulen musste.

 Danny Fux entging weder Perry's Blick, der Max durchstach, noch das verhohlene Grinsen der anderen anwesenden Darsteller, ebenso das Getuschel der Leute von der Spurensicherung. "Man, Perry, wie oft hab ich dir gesagt, du sollst dich vor einem Drehtag nicht zu lange in der Disco rumtreiben und alle notgeilen Schlampen durchmachen, die dich anquatschen. Jetzt siehst du, was dabei herauskommt!"

 Der Blick, mit dem Perry seinen Regisseur bedachte, war erst verwirrt, doch im nächsten Moment voller Dankbarkeit, ehe er sich wegdrehte. "Sorry, Chef, aber da waren gestern Zwillinge auf der Tanzfläche und da kann doch keiner wiederstehen." Perry machte sich auf, den Raum schnellstmöglich zu verlassen, nicht ohne noch ein paar Worte der Entschuldigung über die Schulter zu rufen, ehe er durch die Tür verschwand.

 Ein feiner Zug von Danny Fux, so einen Chef wünschte man sich doch. Da fiel Max ein, dass sich Dr. Mutzvink doch auch bald hier einfinden müsste, oder wollte er etwa kneifen? Er kramte sein Smartphone aus der Tasche und war im Begriff im Polizeirevier anzurufen, als sich die Tür öffnete. Hatte sein Chef sich doch schon hierher bemüht? Oder hatte Perry seine Standfestigkeit wiedergefunden?

 Max blickte mit freudiger Erregung auf den breiter werdenden Türspalt und stellte sich vor, wie Perry mit einer Fahne auf Halbmast durch die Tür trat und triumphierend einen Daumen hochreckte, oder Dr. Mutzvink mit eingezogenem Hals ängstlich um den Türrahmen schielte. Doch keiner der beiden Personen, die er erwartet hatte, trat ein. Stattdessen war es ein schlaksiger Typ mit Rundbrille, dünnen blonden Haaren, die, in der Hoffnung dadurch cooler zu wirken, nach hinten gegelt waren. Um dessen Hals lag ein dicker Riemen, an dem eine noch dickere Kamera baumelte. Außerdem schritt er nicht normal durch die Tür, sondern wurde von kräftigen Armen hindurch geschubst, wobei er fast durch die Masse der Kamera das Gleichgewicht verloren hätte. Hinter ihm erschien Arni, der einen seiner bösesten Blicke aufgesetzt hatte. Max starrte seinen Kollegen fragend an.

"Der Typ lag in den Büschen draußen und hat Fotos durch die Fenster gemacht! Herr Fux, haben sie einen Fotografen bestellt, der Voyeur-Bilder schießen sollte, oder haben wir hier einen miesen Spanner?" So giftig kannte Max seinen Kollegen gar nicht, aber offenbar hatte Arni etwas gegen heimliches Beobachten, im Gegensatz zum offensichtlichen Gaffen an einem Pornoset.

"Hey, machen Sie mal halblang, Rambo!", echauffierte sich das halbe Hemd. "Ich bin kein Spanner, ich bin ein Fan!" Diese Aussage würde Max unterschreiben. Der Typ sah wie ein lebendes Pornoklischee aus und konnte jenen Moralwächtern als abschreckendes Beispiel dienen, die predigten, dass Porno die Menschen zerstörte.

"Ein Fan, klar. Und deswegen versteckt man sich und macht heimlich Fotos!" Arni packte den Trageriemen der Kamera und zog ihn nach hinten, sodass der Pornofan nach Luft japste.

"Ja, natürlich! Was ein wahrer Fan ist, der lässt sich von Nichts abhalten!"

"Hm, da stimme ich Ihnen zu, in Fachkreisen gibt es sogar einen bestimmten Ausdruck dafür: Stalking", mischte sich Max ein.

"Was wissen Sie denn schon", gab ihm der abgerissene Typ zurück. "Ich belästige niemanden, rufe weder nachts an, noch passe ich irgendwen am Auto ab, ich informiere mich nur und halte mich auf dem Laufenden."

'Sicher, das tut auch jeder Stalker', dachte Max bei sich, als ihm etwas in den Sinn kam. "Sagen Sie, sind Sie Fan einer bestimmten Person, die hier arbeitet?"

"Ich wüsste nicht, was Sie das angeht", kam es pampig, woraufhin Arni seinen Griff um den Riemen wieder verstärkte und der Hänfling vor Schreck die Augen aufriss. "Schon gut, schon gut! Ja, ich bin Fan von Tara."

Max war nicht überrascht. "Also ein großer Fan von Tara Be-Cum."

"Nein! Der größte Fan! Sie ist eine Göttin, eine Venus, eine Offenbarung!"

"Freut mich, das zu hören! Sie sind verhaftet."

Nun riss er die Augen noch weiter auf, diesmal aber nicht aufgrund von Sauerstoffmangel. "Was? Wieso? Nur weil ich ein paar Bilder machen wollte?"

"Nein. Wegen dringendem Tatverdacht des Mordes an Tara Bee-Cum."

Max hätte es nicht für möglich gehalten, dass Arni außerstande gewesen wäre einen in sich zusammenfallenden Mann mit einer dermaßen gebrechlichen Statur nicht festzuhalten, wurde aber in diesem Moment eines Besseren belehrt.

Kapitel 19

"Also, wollen wir nochmal von Vorne anfangen, Herr Blohm?" Dieser Satz war wohl so alt wie die Polizei selbst und Max brachte ihn nicht sonderlich gerne, aber bei diesem Typen, dem Kamera-Stalker Willfried Blohm, ging es wohl nicht anders. Und es funktionierte auch. In der nunmehr dritten Version seiner Geschichte kam bei jeder Erzählung eine Kleinigkeit hinzu. So behauptete er zu Anfang, er kaufe sich nur jede neue DVD, Blue-Ray, ebenso alle Poster und Autogrammkarten von Tara Be-Cum. In der 2. Variante gab er schon zu, auch zu öffentlichen Auftritten zu gehen, auf Erotikmessen, öffentliche Fotoshootings und dergleichen, bis er in der 3. Erzählung auch zugab, per E-Mail mit ihr in Kontakt gestanden zu haben.
 Wenn das so weiterginge, würden sie zwar noch morgen um diese Zeit hier sitzen, dafür hätte der Verdächtige aber auch den Mord gestanden.
 Wie zur Bestätigung gestand er jetzt beim 4. Anlauf, dass er sie einmal, aber wirklich nur einmal, bei einer Autogrammstunde angefasst hatte, aber sie habe es ausdrücklich erlaubt. Alles Andere was er zu sagen hatte, war das Gleiche wie

zuvor, ebenso die Beteuerung, dass er ihr niemals ein Haar hätte krümmen können und dass er der Polizei sofort helfen würde, ihren Mörder dingfest zu machen.

Max dachte nach, ob er diesem Kerl die Unschuldsnummer abnehmen sollte. Nachdem sich Wilfried Blohm mit Hilfe von Arni und Max wieder aufgerichtet hatte und zusammen mit Gay-Ray abgeführt wurde, warf dieser Gay-Ray einen seltsamen Blick zu, den Max nur auf 2 Arten deuten konnte: Entweder er wusste, dass dieser mit Tara etwas hatte und war eifersüchtig, oder er ging davon aus, dass er der Mörder war. Sollte Letzteres zutreffen, dann konnte er selbst nicht der Mörder sein, außer er litt unter einer gespaltenen Persönlichkeit, was Max zum jetzigen Zeitpunkt nicht ausschließen wollte. Dies würde auch seinen Zusammenbruch erklären.

Am Pornoset hatte sich nichts weiteres ergeben, abgesehen davon, dass alle entgeistert den Voyeur angestarrt hatten und sich die junge Frau von der Spurensicherung mit einem Kollegen darüber unterhielt, dass sie einer der Darsteller angegraben hatte, was Max durchaus verstehen konnte. Sie war augenscheinlich Anfang 20, gut gebaut und hatte sinnliche Augen. Klar, dass da auch gestandene Kerle, die Pornos drehten und schon mehr als genug Frauen gehabt hatten, schwach werden konnten.

Max wollte zuerst einen weiteren Versuch starten, Willfried Blohm zum Reden zu bringen, als ihm einfiel, dass er Gay-Ray nochmals auf den Zahn fühlen sollte. Der saß traurig in sich zusammengesunken im Verhörraum 3 nebenan.

Max verabschiedete sich fürs Erste von dem Porno-Fan und verließ den Raum, aber nicht ohne die Anmerkung, dass sich ein Geständnis strafmildernd auswirken würde.

Als er in das Verhörzimmer 3 eintrat, sah er einen Gay-Ray, der sich offenbar keinen Millimeter bewegt hatte, seit er hier abgesetzt wurde. Max setzte sich Ray gegenüber auf den Stuhl. Ray hob leicht den Kopf und sah Max mit schweren Augenlidern und leeren, geröteten Augen an. Sollte er die Trauer nur vorspielen, dann hatte er einen Oskar verdient.

"Also, Ray, wollen Sie mir etwas erzählen?"
Ray kam der Aufforderung ohne Wiederstand nach und wiederholte seine Aussage, die er am

Filmset gemacht hatte fast wörtlich, nur mit etwas weniger Emotionen, er hatte sich wohl doch ein wenig gefasst. Doch leider brachte es keine neuen Erkenntnisse, deshalb begann Max das Spiel von Vorne, wie zuvor bei Willfried Blohm. Doch im Gegensatz zu Diesem, blieb Ray bei seiner Geschichte und wich keinen Millimeter davon ab. Das konnte sowohl ein Indiz dafür sein, dass er die Wahrheit sagte, könnte aber ebenso bedeuten, dass er sich seine Story für die Polizei gut zurechtgelegt hatte. Dem widersprach allerdings die Vermutung, dass es sich um eine Affekttat handelte.

So würde er nicht weiterkommen, also versuchte es Max anders. "Eine Sache würde mich interessieren: Wie waren Sie imstande, weiterzuarbeiten, nachdem sie von dem Tod von Tara erfahren haben? Sie behaupten ja, das hat Sie emotional sehr mitgenommen."

Nun regten sich Gefühle in Ray's Blick. Die Andeutung, er würde seine Betroffenheit nur vorspielen, machte ihn ganz offensichtlich wütend. "Ich war erst wie betäubt, konnte das nicht realisieren, aber ich wusste, es würde mich zusammenbrechen lassen, früher oder später, also habe ich versucht, es von mir wegzuschieben, ich hatte Angst vor diesen Gefühlen! Dadurch dass ich mich auf die Arbeit konzentriert habe, konnte ich das, was passiert war, ausblenden, zumindest bisher." Er senkte wieder den Blick und ein Schluchzen ertönte. Nach einer kurzen Pause sprach er weiter. "Ich habe heute nur Passiv-Szenen gedreht, weil mir klar war, dass ich heute nicht normal arbeiten konnte. Ich habe meinen Bruder darum gebeten, meine Aktiv-Szenen zu verschieben."

Max war irritiert. "Ihr Bruder?"

"Danny."

Max hätte sich doch die echten Namen der Leute ansehen sollen, anstatt nur mit ihren Berufs-Pseudonymen zu arbeiten.

"Und das war ohne Weiteres möglich?"

"Begeistert war er zwar nicht, aber es wären sowieso nur 2 kleine Szenen heute gewesen."

'So klein auch wieder nicht', dachte sich Max, wenn er sich richtig an Ray's Proportionen aus seinem Lebenslauf erinnerte.

Max dachte darüber nach, welche Frage seinem Gesprächspartner die Zunge lockern konnte, als ihm etwas einfiel, das wesentlich war.

"Moment, bin gleich wieder da..." Mit diesen Worten stürzte Max unter den verständnislosen Blicken von Ray aus der Tür. Wenige Minuten später fiel er fast wieder ins Zimmer und schob Ray einen Block und einen Stift zu. Er diktierte dem verdutzten Zeugen einen Text. Als Ray fertig war, griff sich Max den Zettel und verschwand nach einem kurzen "Danke" wieder.

Willfried Blohm war unruhig, wie Jeder es gewesen wäre. Von der Polizei beim Spannen erwischt und des Mordes verdächtig, da sollte mal einer ruhig bleiben! Aber immerhin konnten sie ihm nichts nachweisen, dazu hatten sie einfach zu wenig Indizien in der Hand. Von daher machte er sich nicht die größten Sorgen.

In einem Moment der Gewissheit, dass er bald freigelassen werden würde, stolperte ein sehr aufgekratzt wirkender Kommissar in den Raum, der ihm einen Block und einen Kugelschreiber hinschob.

"Hey, ich werde kein Geständnis ablegen, ich wüsste nicht für was!"

"Das ist auch gar nicht der Punkt. Ich möchte von Ihnen nur ein Diktat."

Willfried Blohm's Gesicht war ein einziges Fragezeichen, aber er kam der Aufforderung nach.

Als der diktierte Text zu Papier gebracht war, schnappte sich Max auch diesen Zettel und verabschiedete sic. Der völlig verwirrte Spanner blieb ratlos zurück.

Max hatte neue Energie getankt, mit etwas Glück war er der Lösung des Falles ein ganzes Stück näher gerückt, aber das musste er erst untersuchen lassen. Also machte er sich auf den Weg zur KTU, als ihm 2 Kollegen von der Spurensicherung über den Weg liefen, die vorhin noch Gay-Ray's Garderobe durchsucht hatten. Es waren die junge blonde Kollegin und der Speichelprobensammler vom Vortag. Anscheinend war das Pornoset immer noch Gesprächsthema. Max bekam mit, dass die Kollegin froh sei, nur mit einer Person dort ins Gespräch gekommen zu sein, sonst wäre sie wohl noch häufiger angegraben worden.

Max erkundigte sich, ob sie auf dem Weg zur Untersuchungsabteilung waren, und diese bejahten es. Also übergab er ihnen die Zettel mit der Bitte, möglichst schnell einen Handschriftenvergleich mit der Nachricht, die in der Umkleide von Tara Be-Cum gefunden wurde, vorzunehmen. Die Beiden taten Max diesen Gefallen, was ihm die Zeit gab, alles nochmals zu sondieren. Max ging mittlerweile stark davon aus, dass die Nachricht in Tara's Umkleide von ihrem Mörder stammte, der eifersüchtig war. Die Frage die nun noch offen war: Wer von den beiden Kerlen, die sie festgenommen hatten, hatte diese Nachricht geschrieben? Max tippte ja auf den Spanner, war sich aber dieser Sache keinesfalls sicher, da Ray zugegeben hatte, mehr für sie empfunden zu haben.

Max verzog sich erst einmal in sein Büro, er wollte nicht weiter unnütze Gespräche mit einem der Verdächtigen führen, ohne zu wissen, welchen der Beiden er sich mehr vorknöpfen sollte. Also ließ er den Tag erstmal gemütlich weiterlaufen.

'Weshalb ist es so ruhig geworden?', fragte sich die Person, nach der Max suchte. 'Dieser seltsame Kommissar und seine komischen Kollegen lassen einen doch nicht ohne Grund in Ruhe... Haben sie etwas herausgefunden? Oder tappen sie vollkommen im Dunklen?'

Ein Stechen in der Brust, ein Ziehen in den

Schultern, untrügliche Anzeichen dafür, dass der Tag bereits zu anstrengend gewesen war. Und er war noch lange nicht zu Ende. Dazu schmerzte auch der Verlust von Tara, zumindest ein wenig. 'Aber sie war ja selbst schuld, hätte sie sich mal lieber sagen lassen, was gut für sie war!' Das Gefühl der inneren Leere musste schnellstens wieder gefüllt werden, und dafür war schon jemand in den Fokus gerückt. Die Hoffnung, dass diese Person bald wieder auftauchen würde, stillte doch einiges an Unbehagen. Aber würde diese Person einfach wieder auftauchen? Wohl nicht ohne Grund, schließlich war sie aus den Reihen der Polizei...

Kapitel 20

Max hatte es sich bequem gemacht, so wie man es ihm gönnen musste. Schließlich war der Fall so gut wie abgeschlossen, da es lediglich noch auf den Handschriftenabgleich ankam, den Max in Auftrag gegeben hatte.

Er hatte sich gemütlich zurückgelehnt, die Arme hinter dem Kopf verschränkt und die Füße hochgelegt, als sein Telefon neben seinem linken Schuh klingelte. Mit einem Seufzen ging er wieder in Arbeitshaltung und nahm ab. Noch ehe er sich melden konnte, tönte bereits eine kratzige Stimme aus dem Hörer. "Was soll dieser Mist, Schneider? Glauben Sie, wir haben hier nichts Besseres zutun, als Ihre Scheiße aufzuwischen?!" Dieses krächzende Etwas, das mal eine Stimme gewesen sein konnte, gehörte zweifelsohne zur alteingesessenen KTU-Assistentin Dolores Hehn, sie gehörte zu den wenigen Frauen, vor denen Max sich fürchtete, und nicht nur er.

"Ah, Frau Hehn, ich dachte, Sie hätten noch Urlaub und Fräulein Spahn vertritt Sie." Die liebliche Marie mit ihrer engelsgleichen Stimme wäre Max in diesem Moment tausendmal lieber gewesen, als diese alte Giftspritze.

"Mein Urlaub ist seit gestern vorbei!", keifte sie ihn an, als ob er schuld daran wäre.

'Alles Gute vergeht viel zu schnell...'

"Und Fräulein Spahn hat heute frei."

'Gibt es denn gar keinen Hoffnungsschimmer an diesem grauen Tag?' "Hören Sie, Frau Hehn, es tut mir sehr Leid, dass Ihr Urlaub schon vorbei ist", das tat es ihm wirklich. "Aber ich brauche dringend die Ergebnisse der Handschriftenanalyse, die ich Ihnen heute zukommen ließ."

"Was sollte das eigentlich für ein Dreck sein, haben Sie eigentlich noch alle Latten am Zaun?" Sie räusperte sich, leider ohne erhörbaren Erfolg, und begann vorzulesen.

"Endlich in der Stadt unterwegs mit meinen Kerlen, den ganzen Abend saufen und vögeln, sowas liebe ich doch!"

Hatte diese Geisteskranke nicht kapiert, dass er ihr die Arbeit erleichtern wollte und einige Worte aus dem Liebesbrief vom Tatort in den Satz eingebaut hatte?

"Frau Hehn, ich versichere Ihnen, es war nur, um Ihnen bei Ihrer Arbeit zu helfen." Er machte eine Pause, um durchzuatmen. "Könnten Sie mir nun

bitte die Ergebnisse Ihrer Arbeit mitteilen?"
"Oh, aber natürlich! Ich teile Ihnen gerne mit, dass Sie sich Ihre Mühe umsonst gemacht haben!"
"Äh, wie meinen Sie das?", wollte Max irritiert wissen.
"Ganz einfach: Keiner der beiden Texte hat auch nur im Entferntesten Ähnlichkeit mit dem Vergleichsmaterial."
Max stand wie angewurzelt da, nicht fähig, etwas zu sagen oder einen Muskel zu rühren. Wie war das möglich? Nachdem die Schockstarre langsam abklang, krähte schon wieder die Stimme der KTU-Mitarbeiterin aus dem Hörer.
"Sind Sie noch dran, Sie Pseudo-Bulle?"
"Sind Sie sich da ganz sicher? Besteht die Möglichkeit, dass einer der Beiden seine Schrift absichtlich verfälscht hat?" Max klammerte sich an den letzten Strohhalm, den er sah.
"Ich bin vollkommen sicher, Sie Idiot!"
"Nehmen Sie es mir nicht übel, aber ich hätte gerne eine zweite Meinung."
"Steigen Sie mir doch den Buckel rauf, Sie Penner! Soll ich Ihnen den Leiter der KTU geben? Der sieht das genauso wie ich!" Mit diesen Worten knallte sie den Hörer auf und Max' Strohhalm riss ab.

Kapitel 21

Er wusste nicht, wie ihm geschah, als sich die Tür zum Verhörraum abermals öffnete und diesmal ein, in sich zusammengefallener Kommissar hereintrat, der kleinlaut verkündete, dass er gehen konnte. Obwohl er von der Situation irritiert war, ließ er sich das nicht zweimal sagen und machte sich zügig davon, ehe es sich dieser Schneider noch anders überlegte.

Als er schon fast durch die Tür war, fiel Willfried Blohm ein, dass er etwas Essentielles vergessen hatte, also drehte er sich um und ging wieder zum Tisch zurück, um seine Kameras an sich zu nehmen.

"Nicht so schnell, Herr Blohm", Max Stimme hatte nun nichts mehr kleinlautes, eher etwas herrisches. "Sie können gehen, Ihre Fotoapparate nicht. Diese werden noch von der Spurensicherung benötigt."

Willfried Blohm starrte Max wütend an, als hätte ihm dieser sein Auto zerkratzt. Er überlegte, ob es sinnvoll wäre, zu protestieren, verwarf diesen Gedanken aber schnell, als Arni an ihn heran trat.

"Haben Sie irgendein Problem damit, Spanner-

Willy?" Der giftige Ton in Arni's leiser Stimme ließ Herrn Blohm zusammenzucken und wortlos aus dem Raum verschwinden.

Als die beiden Polizisten alleine waren, wandte sich Arni an Max. "Denkst du, dass irgendetwas auf den Bildern ist, das uns weiterbringt?"

"Keine Ahnung, ich schätze aber eher nicht."

"Und warum hast du die Apparate beschlagnahmt und nicht nur die Speicherkarten?"

"Weil dem Kerl das mehr ärgert."

Arni grinste, doch Max wirkte alles Andere als zufrieden. Seine Instinkte hatten ihn getäuscht, wie konnte es dazu kommen? Hatte er sich von dem Pornoset zu sehr vereinnahmen lassen? Erst von der großen Erwartung, dann von der bitteren Realität? Dazu natürlich noch sein schockierender Traum, der ihn ebenfalls aus dem Konzept gebracht hatte. Ihm wurde klar, dass er wohl nochmal von Vorne anfangen musste, aber wo war eigentlich der Anfang? Im Grunde musste er die Sache mit der Nachricht klären, wenn er die Person gefunden hatte, die eifersüchtig war, würde sich das Bild etwas aufklaren. Doch um in diesem Punkt weiterzukommen, musste er wieder zu der Pornofirma.

Max machte sich auf den Weg zu Gay-Ray, der noch im anderen Verhörraum saß und wies Arni an, die Bilder auf Willfried Blohm's Speicherkarten zu checken.

Ray hatte sich offenbar wieder keinen Millimeter bewegt, seit Max ihn verlassen hatte, doch nun musste er seinen Hintern hochbekommen, schließlich wurde er entlassen. Max bot ihm auch an, ihn wieder zu seinem Arbeitsplatz zu bringen, da er selbst dorthin musste.

Als sich die Beiden auf den Weg zum Parkplatz machten, lief ihnen Dr. Mutzvink über den Weg, der wohl ebenfalls seiner Pflicht nachkommen wollte, die Verhöre vor Ort weiterzuführen. Max hatte von der Darstellerliste schon die passende Person für seinen Chef ins Auge gefasst.

15 Minuten nach der Abfahrt vom Polizeirevier fanden sich die 3 Personen wieder vor dem altbekannten, zweigeschossigen Pornotempel ein, und sie klingelten, wie schon des Öfteren in den letzten 2 Tagen, an der Tür, diesmal öffnete Lis Ann. Als sie fragend auf Ray blickte, ergriff Max das Wort.

"Ihr Kollege kann seinen Dienst wieder

aufnehmen, vielleicht springt ja eine Szene mit Ihnen heraus."

"Das glaube ich eher nicht", entgegnete Lis fest, offenbar hatte sie keine Ahnung, dass Ray mittlerweile an beiden Ufern zuhause war.

Ohne weitere Worte gingen sie ins Gebäude, während ein weiteres Fahrzeug auf den Parkplatz fuhr.

Max wollte gerade nach dem Chef fragen, als ihnen Danny Fux aus einem Gang über den Weg lief.

"Herr Fux, hier haben Sie Ray zurück, und ich wollte fragen", Max wies mit der Hand auf seinen Chef, "ob Phil schon im Haus wäre."

"Darauf können Sie aber wetten, Kumpel!" Die feste Stimme kam von hinten, weshalb sich alle umdrehten und ins Leere starrten.

"Nein, nein, eine Etage tiefer!", kam es von unten. Die Augen wanderten in diese Richtung und erblickten einen kleinen Wicht mit diebischem Grinsen. Das war also Phil G. Nom, Max hatte sich bei dem Namen doch nicht geirrt. Sein Chef riss die Augen auf, ohne ein Wort zu sagen.

"Sie müssen nicht so große Augen machen, Sie sehen auch so alles von mir." Das stimmte, man

sah alles, angefangen von der etwa 1,20 Körpergröße bis hin zur grasgrünen Jacke, dem Spitzbart und einem grünen Zylinder. Max musste an einen irischen Kobold denken, und genau diesen Eindruck wollte Phil wohl auch erwecken.
 "Dr. Mutzvink, Ihr nächster Verhörpartner." Dr. Mutzvink nahm Phil G. Nom mit ins Verhörzimmer, während sich Max wieder an Danny Fux wandte.
 "Ich habe noch ein anderes Anliegen an Sie, ich bräuchte einen handschriftlichen Text von Ihnen und von Perry Pee-Cock." Max nannte dem Regisseur dieselben Worte, die er schon Ray und Herrn Blohm schreiben ließ, und wie zu erwarten, blickte Herr Fux verständnislos drein. Desweiteren erkundigte sich Max nach dem Lagerraum für die Fanpost, woraufhin Danny Fux ihm den oberen Stock nannte und ihn in einen Seitengang mit einer Treppe wies. Max ließ Danny und Ray stehen, mit dem Hinweis an Ray, doch reinen Tisch mit seinem Bruder zu machen.
 Er kam im 2. Stock an und sah sich einem weiteren Gang gegenüber, der den Gängen unten ähnelte, jedoch ging dieser hier anscheinend über die ganze Länge des Stockwerks. Max schritt den Flur entlang und sah sich einiger Türen gegenüber,

die allesamt beschriftet waren. Von "Strom und Sicherungen" über "Ersatzbetten" bis hin zu "Hygieneartikel" war alles separat untergebracht, wie es schien. Als er an der Tür mit der Aufschrift "Post" ankam, wollte er schon hineingehen, als er einen Schrei hörte, zwar gedämpft, aber dennoch als solcher zu erkennen. Es folgte ein Zweiter. Max griff nach seiner Dienstwaffe und lauschte, da kam der dritte Schrei und Max setzte sich in Bewegung, es kam vom Ende des Flurs aus einer Tür, die den bezeichnenden Schriftzug "SM-Geräte" trug. Sein Herz hämmerte, während er die Türklinke herunterdrückte und die Tür aufwarf. Seine Waffe zielte direkt geradeaus auf zwei Personen, die ihn nicht erwartet hatten. Aber ihm ging es nicht anders. Er riss die Augen noch weiter als sein Chef eben bei Phil G. Nom auf und Max hätte in diesem Moment liebend gerne mit Dr. Mutzvink getauscht. Etwa 5 Meter im Raum stand Perry Pee-Cock vornübergebeugt, eine Hand an einem Folterkreuz gefesselt. Hinter ihm war Glory Trans zugange, während er mit der freien Hand seine beachtliche Schwellung bearbeitete, wobei er die Schreie ausstieß, die Max gehört hatte. Offenbar hatte er nicht in allen Situationen ein Problem damit, seinen Mann zu stehen.

Kapitel 22

Max hatte die Waffe mittlerweile gesenkt, allerdings noch nicht weggesteckt, da er sich durch die beiden Personen -eine barbusig, beide barschwänzig- auf einer bestimmten Ebene bedroht fühlte.

"Herr Kommissar!", rief ihm Perry entgegen, während er freistehend auf Diesen zueilte, nachdem er sich von dem Folterkreuz losgemacht hatte. Max hob unwillkürlich den Pistolenlauf wieder leicht an, was Perry innehalten ließ. "Das hier ist..." Er schien nach den richtigen Worten zu suchen. Die altbekannte Floskel 'Es ist nicht so, wie es aussieht' dürfte wenig glaubwürdig sein.

Max hob eine Augenbraue und sah an Perry hinunter, dann wieder in sein Gesicht, offenbar verstand dieser nicht, was Max damit andeuten wollte, also sprach er es aus. "Würden Sie sich bitte etwas überziehen, während Sie mit mir reden."

Perry machte große Augen, ehe er mit einem Blick an sich herunter verstand, was Max gemeint hatte. "Oh, natürlich! Entschuldigen Sie bitte." Er machte kehrt und holte seine Klamotten und verzog sich zum ankleiden hinter einen Paravent, Glory T. hatte dankenswerter Weise bereits Slip und BH angelegt. Glory blickte Max verlegen an, doch er konnte sich nicht vorstellen, dass eine Person die Pornos drehte, so schamhaft war. Vielleicht war es mehr ein unterdrücktes Interesse, was Max jedoch nicht hoffte.

Als Perry vollständig angezogen hervorkam, stand ihm ebenfalls die Schamesröte im Gesicht. "Herr Kommissar, ich hoffe, nein, ich würde Sie bitten, niemandem davon zu erzählen." Er sah Max fast flehentlich an.

"Wovon? Dass Sie nur noch das Steh-Auf-Männchen geben können, wenn Ihnen jemand die Hintertür einrennt? Weshalb macht Ihnen das so viel aus?"

"Das wüsste ich auch gern", warf Glory ein, die ihre Sprache wohl wieder gefunden hatte. Sie erntete einen bösen Blick von Perry, ehe er wieder mit seinem Hundeblick Max ansah.

"Sie müssen das verstehen, ich bin eine Größe in der Branche."

"Hm, jedoch scheint in der letzten Zeit nicht mehr viel her zu sein mit Ihrer Größe, da Sie Ihrer Arbeit nicht mehr ganz zufriedenstellend nachkommen, zumindest nicht ohne Hilfsmittel."

Perry blickte betreten zu Boden, offenbar hatte er große Schwierigkeiten damit, sich seine Homosexualität einzugestehen, womit Max fast schon Mitleid hatte. Er kannte das zwar mehr von Frauen, aber das dürfte bei Männern nicht viel anders sein.

"Hören Sie, es ist keine Schande auf Männer zu stehen. Nicht, dass ich damit Erfahrung hätte, aber wichtig ist auf jeden Fall, dass Sie mit sich selbst im Reinen sind." Diese Worte ließen Glory's hübsches Gesicht strahlen und Max vergaß fast, dass sie keine komplette Frau war. Perry schien mit sich zu ringen.

Max kam sich fast wie der große Bruder vor, der dem Kleinen auf die Schulter klopfen musste, wenn dieser sich beim Onanieren erwischen ließ. Aber eine Frage kam ihm in den Sinn, die er noch stellen musste.

"Weiß außer Glory noch jemand davon?"

"Nein, da bin ich mir absolut sicher!" Das klang ehrlich.

"Wo waren Sie, als Tara ermordet wurde?" Max hatte da schon eine Vorstellung.

"Hier oben", kam es leise von Perry.

"Das stimmt", pflichtete ihm Glory sicher bei.
"Das werden wir noch detailliert zu Protokoll nehmen müssen, aber nicht sofort." Mit diesen Worten verließ Max den Raum und versuchte die Bilder aus seinem Kopf zu verdrängen. Obwohl Perry nun ein noch besseres Motiv hatte, als die Errektionsstörungen, glaubte Max nicht mehr an seine Täterschaft. So hatte sich der Kreis der Verdächtigen ziemlich reduziert, also blieb Max wohl nichts Anderes übrig, als sich die Fanpost vorzunehmen.

Er ging in den Raum mit der passenden Beschriftung und hievte einen Wäschekorb in die Höhe, der Dutzende von Briefen enthielt, hoffentlich auch Einen, der zu der Nachricht aus Tara's Garderobe passte.

Er machte sich wieder auf in Richtung Erdgeschoss, als er an den Garderoben vorbeilief. Die Namen hatte er zwar schon zig Mal gehört in den letzten Tagen, aber dennoch brachten sie ihn wieder zum Schmunzeln. 'Gay-Ray', 'Tara Be-Cum', 'Perry Pee-Cock', 'Lis Bee Ann', 'Glory T.', 'Lilian Pitt', 'Ronny Pflock'... 'Moment mal...', schoss es Max durch den Kopf, und er sah sich einen der Namen nochmal an, und ein Blitz durchzuckte ihn.

'Kann das sein?', fragte er sich in Gedanken. Er ließ den Wäschekorb fallen und holte sein Handy heraus, er musste den Doc anrufen.

'Warum wurde Ray wieder freigelassen?', fragte sich die Person, hinter der Max immer noch her war. 'Ist sein Motiv nicht gut genug? Oder hat er den Kommissar mit seinem Gejammer eingewickelt? Vielleicht noch das gleiche Gejammer, dass er Tara aufgetischt hatte? Der arme, verwirrte Schwule, der sich seiner sexuellen Orientierung nicht mehr sicher ist... Oh man, wie erbärmlich! Jeder sollte wissen, zu welchem Geschlecht er gehört. In der Teeny-Zeit ist sowas ja vielleicht normal, aber nicht in dem Alter!' Die Wut wurde immer stärker, besonders weil dieser dämliche Kommissar wieder hier war, und nicht der blonde Engel von der Spurensicherung, das hätte die Gefühle auf angenehmere Weise in Wallung versetzt.
'Gut, man kann auch mit der Wut leben, sie muss sich nur früher oder später entladen, damit man nicht an ihr erstickt... so wie gestern bei Tara...'

Kapitel 23

Er hatte noch keinerlei Beweise, nur eine Vermutung, der er aber unbedingt nachgehen wollte. Sein Instinkt sagte ihm sogar, dass er es musste. Von daher war keine Zeit zu verlieren.
 Nachdem Max sein Gespräch mit dem Doc beendet und er ihm eingeschärft hatte, die Untersuchung dieser Körperflüssigkeit schnellstmöglich in die Wege zu leiten, rief er bei Arni an und fragte danach, wie weit die Auswertung der Speicherkarten aus den Kameras von Willfried Blohm war. Arni teilte ihm mit, dass er die Voyeuraufnahmen noch nicht in Augenschein genommen hatte, wofür er von Max eine ordentliche Standpauke erhielt, er solle endlich seinen Hintern in Bewegung setzen und nach Bildern von 2 bestimmten Personen suchen.
 Daraufhin machte sich Arni an die Arbeit, doch nach Kurzem hörte Max ein Stöhnen. 'Sind die Bilder denn so scharf?' "Was ist los, Arni?"
 "Hast du eine Ahnung, wie viele Bilder hier drauf sind? Der Idiot hat anscheinend mehr als 300 Fotos geschossen."
 "Tja, bei einem Spanner kommt im Laufe der

Wochen Einiges zusammen." Max war nicht sehr verwundert.

"Schön wäre es, das sind die Bilder der letzten 3 Tage." Jetzt war Max verwundert.

"Gut, das bestätigt ja nur, wovon wir eh schon ausgingen: Herr Blohm ist ein kleiner, notgeiler Bilder-Fetischist, aber das könnte uns in dem Punkt vielleicht weiterhelfen, also such Bilder, auf denen die 2 gemeinsam drauf sind."

"Gut, ich melde mich dann." Damit legte Arni auf und machte sich an die Bilder.

Max steckte sein Handy weg und wollte ein paar Takte mit Danny Fux sprechen. Er musste nicht lange suchen. Kaum war er in den nächsten Gang getreten, hörte er schon eine angeregte Diskussion.

"Das kann doch nicht wahr sein, willst du mich verarschen?" Das kam eindeutig von Danny Fux, der zu wenig Baldriantee getrunken hatte.

"Es tut mir leid, aber es ist nun einmal so." Die Stimme gehörte zu Ray.

"Verdammt, du willst mich ruinieren! Oder das Ganze ist nur ein beschissener Alptraum!"

Max folgte den Stimmen, was nicht besonders schwierig war, da der Regisseur mehr brüllte als redete. Kaum war er am Büro des Chefs angekommen, wurde die Unterredung fortgesetzt.

"Danny, jetzt hör doch endlich auf, es ist ja nicht so, als ob ich mich komplett umorientiert hätte."

"Das macht doch keinen Unterschied! Gary sollte morgen hier ankommen. Morgen! Was soll ich ihm denn sagen? Das mein Bruder sich zu fein für Schwänze geworden ist?" Ganz offensichtlich hatte Ray seinem Bruder die Geschichte mit Tara gebeichtet.

Max zog eine Braue hoch. Das war das erste Mal, dass ein Bruder sauer war, weil sein Geschwisterchen nicht schwul war, oder zumindest nicht komplett. "Verzeihung, aber wer ist dieser Gary?", wollte Max wissen.

"Gary Gayheart ist der größte schwule Pornodarsteller der Welt! Er hätte den Film über sexuelle Minderheiten international gemacht, und uns die wichtigen Stimmen der Amerikaner aus der Venus-Jury gesichert, das ist jetzt alles für'n Arsch!"

Max musste grinsen, bei der Wortwahl von Herrn Fux. Es drehte sich schließlich um einen Schwulenfilm, lag es nicht in der Natur der Sache, dass da alles für den Arsch war?

"Ich bin erledigt, sowas von erledigt!", begann Danny Fux wieder zu jammern.

"Eventuell komme ich bei diesem Thema an sich nicht ganz mit, aber soweit ich das verstehe, steht Ray doch immer noch auf Männer, eben nicht mehr exklusiv. Also wo liegt das Problem?"

"Das Problem ist, dass Gary nicht mit Bi-Boys dreht! Er sagte einmal, diese Jungs wären ihm zuwider, er dreht nur mit überzeugten Schwulen, und das ist Ray nun einmal nicht mehr. Wo soll ich auf die Schnelle einen Ersatz herbekommen?"

Max hatte da eine Idee, wer zumindest die sexuelle Orientierung hätte für einen adäquaten Ersatz...

"Also ist dieser Gary Gayheart ein übler Sexist, wenn er keine anderen als seine eigene sexuelle Orientierung akzeptiert, sehe ich das richtig?"

"Hören Sie, er kann sein, was er will, Tatsache ist: Er kann es sich erlauben! Er ist ein Star. Für die schwulen Pornofans auf der ganzen Welt ist er ein Gott! Wenn er sagt, er dreht nur mit 100%igen Schwulen, dann ist das nun mal so."

"Und wenn Sie es ihm einfach nicht sagen?", schlug Max vor.

"Nie im Leben! Wenn er Lunte riecht, verklagt er

uns, würde nie wieder mit uns drehen und lässt uns den Film nicht veröffentlichen. Er hat verdammt gute Anwälte, das können Sie mir glauben! Einmal hat er durchgesetzt, dass ein Kerl aus einem seiner Filme geschmissen wurde, weil der gesagt hatte, er würde es auch mit Miley Cyrus machen würde, wenn sie Pornos drehen würde."
 Dafür hatte der Kerl den Rauswurf auch verdient. Aber abgesehen davon, schien dieser Gary keiner zu sein, der sich ans Bein pinkeln ließ, zumindest nicht im übertragenen Sinne.
 "Dann kann ich Ihnen nur raten, diesem Gary reinen Wein einzuschenken und zu hoffen, dass er eine Ausnahme macht. Oder Sie müssen hoffen, dass sich noch ein Ersatz findet."
 "Ihr Wort in Gottes Ohr."
 'Oder im Ohr eines Anderen...' Max kam wieder zum Hauptgrund seines Hierseins. "Herr Fux, ich muss Sie über die Szenenwahl von einem ihrer Schützlinge befragen." Max nannte dem Produzenten den Namen und Herr Fux bestätigte die Vermutung. Das war zwar auch noch kein Beweis, aber ein Indiz, das perfekt ins Bild passte. Daraufhin erkundigte er sich noch nach dem Künstlernamen der Person, und auch das war ein

Treffer.

Es musste eigentlich mit dem Teufel zugehen, wenn diese Brotkrumen nicht in die Richtung führten, die Max vermutete, aber er wollte noch eine Bestätigung, also rief er auf dem Polizeirevier an und ließ sich zur Spurensicherung durchstellen. Nach etlichen Pieptönen wurde endlich abgenommen und Max wollte die blonde Kollegin sprechen, die am Vortag am Pornoset war.

Als er sie endlich am Hörer hatte und er seine Frage gestellt hatte, bekam er nur ein irritiertes "Was?" als Antwort. Also wiederholte er seine Frage: "Ich möchte gerne wissen, wer Sie am Pornoset angegraben hat? Diese Information ist von größter Wichtigkeit für den Fall."

Kapitel 24

Dieser Kommissar wurde langsam zur Plage. 'Warum schleicht dieser Kerl immer noch hier herum?' Wobei schleichen das falsche Wort war, er wirbelte vielmehr durch das Gebäude, so als ob er irgendetwas auf der Spur war, oder irgendjemandem. 'Etwa mir? Nein, das kann nicht sein, er hat keine Beweise, gar nichts!' Trotz dieser Gewissheit breitete sich langsam Unbehagen aus und das war alles Andere als angenehm. 'Wo ist nur mein blonder Engel geblieben?' Als hätte dieser Gedanke prophetischen Charakter, bog eine grazile Gestalt um die Ecke und schwebte förmlich den Gang entlang. Die Augen konnten nicht anders, als diese wundersame Erscheinung von Kopf bis Fuß zu taxieren. Die Haare schmiegten sich um die Schultern, das Kinn leicht gehoben, die nicht vollkommen geschlossenen Lippen waren mehr als einladend. Sie hatte heute die Kleidung der Spurensicherung gegen ein hellrotes, bauchfreies Top und einen kurzen Jeansrock getauscht. 'Großer Gott... Mein Engel ist wieder da...' Jetzt hieß die Devise, sich erst einmal Nichts anmerken zu lassen, um sich interessanter zu machen.

"Guten Tag, was verschlägt Sie denn hierher?" Das war förmlich, doch die Stimmlage war säuselnd lieblich, so wie es Frauen wie ihr gefallen sollte.

"Hallo! Nun, ich könnte sagen, die Arbeit, aber das wäre gelogen." Ein unschuldiger Blick, aus sinnlichen Augen.

"Dann nehme ich mal an, du suchst hier etwas ganz Bestimmtes." Das klang nicht wie eine Frage.

"Ja, das kann man so sagen." Sie trat einen Schritt näher.

"Ich glaube, ich weiß, was du suchst." Das kam bestimmt, während sich ihre Lippen einander näherten. Nur noch wenige Zentimeter und es würde zu einem animalischen Kontakt zwischen ihnen kommen.

"Oh, Verzeihung, ich hoffe ich störe nicht." Diese Worte kamen von hinten und die Stimme war eindeutig zuzuordnen.

'Das darf nicht wahr sein', mit diesem Gedanken wirbelte die Person herum und erblickte den Kommissar, der mit gezogener Waffe etwas 5 Meter entfernt im Flur stand.

Max besah sich das Bild, das sich ihm darbot. 'Nächstes Indiz, und das ist wohl mehr als eindeutig...'

Das Timing war perfekt. In dem Moment, als Max mit der neuen, hauptverdächtigen Person bei dem improvisierten Verhörzimmer ankam, trat ein bleicher Dr. Mutzvink gerade heraus, gefolgt von Phil G. Nom.
"...und vergessen Sie nicht, nächsten Monat erscheint meine neue DVD! '7 Zwerge Origins - Der 7. Zwerg auf Freiersfüßen'!"
'Das klingt nach einem Kassenschlager', dachte sich Max, während Dr. Mutzvink zusammenzuckte, ob dieser Worte, oder weil Max mit einer Person ankam, auf die er seine Waffe gerichtet hatte und mit ebendieser nun auf die offene Tür wies.
"Schneider, was geht hier vor?"
"Ein weiteres Verhör, aber das führe ich selbst."
Max folgte der Person in den Verhörraum und schloss die Tür hinter sich, ein verdattert dreinblickender Dr. Mutzvink und ein grinsender Phil G. Nom blieben zurück.

Kapitel 25

Nun saß Max der Person gegenüber, die er seit 2 Tagen suchte, da war er sich vollkommen sicher. Es passte schon zu viel zusammen, als dass das alles nur Zufall sein konnte, jedoch fehlten noch ein paar handfeste Beweise. Doch da vertraute er seinen Kollegen, die sich demnächst melden sollten.

"Nun, wollen wir darüber reden, wie Tara Be-Cum zu Tode kam?" Max hatte seine übliche Verhörstimme ausgepackt.

"Ich verstehe nicht, worauf Sie hinaus wollen, Herr Kommissar, ich habe bereits Ihrem Kollegen alles erzählt, was ich weiß." Das kam etwas zu bestimmt daher. Auch der selbstgefällige Gesichtsausdruck verriet die wahren Gedanken, das hatte Max schon zu oft erlebt.

"Wollen Sie es uns Beiden wirklich so schwer machen, Lis?"

Sie verdrehte die Augen, als hinge ihr dieser Satz zum Halse raus, und Max war sich sicher, dass dem auch so war, zumindest wenn sie diese Worte schon öfter bei ihrer Arbeit von Männern gehört hatte.

"Reden wir doch einfach mal über das, was da eben passiert ist", begann Max, wohlwissend, dass sie sich da nicht herausreden konnte. Die junge Kollegin von der Spurensicherung hatte sie aus der Reserve gelockt, und das, wie Max zugeben musste, äußerst geschickt. Dafür musste er sie für eine Beförderung vorschlagen, vielleicht zur verdeckten Ermittlerin.

"Ich glaube nicht, dass Sie mein Privatleben etwas angeht", gab Lis spitz zurück.

"Oh, da irren Sie sich aber gewaltig. Wenn Ihr Privatleben mit diesem Fall zutun hat, und davon bin ich überzeugt, kann ich es auf Links drehen und darf es ganz genau unter die Lupe nehmen." Was das Privatleben von Lis Bee Ann anging, war er sich ihrer sexuellen Ausrichtung mittlerweile vollkommen sicher. 'Lis Bee Ann, Lisbeeann, Lesbian', das war Max vorhin durch den Kopf gegangen, als er den mittleren Namenszusatz zum ersten Mal an ihrer Garderobentür sah. Dann fiel ihm die Situation ein, als sie Arni eiskalt abblitzen ließ, was wirklich nicht alle Tage vorkam.

Darauf erwiderte Lis nichts, vermutlich wohlwissend, dass es damit nur schlimmer werden konnte, falls sie sich verplapperte. Aber darauf kam es gar nicht an, Max wartete nur auf den Anruf, der in diesem Moment einging, es war der Doc.

"Na, was kam heraus?"

"Du hattest Recht Max, das Scheidensekret auf dem Stuhl von Tara stammt nicht von ihr! Aber woher wusstest du das?", wollte der Doc neugierig wissen.

"Erzähle ich dir bei Gelegenheit." Damit legte Max auf, nachdem er sich bedankt hatte und lächelte Lis triumphierend an. Können Sie mir erklären, wie Ihr Scheidensekret auf Tara's Garderobenstuhl kommt, Lis?"

"Woher wollen Sie wissen, dass es von mir ist?" Diese Worte kamen unsicher, damit war es klar.

"Durch die Untersuchung, die wir veranlassen werden, oder..." In diesem Moment klingelte Max` Handy erneut, diesmal war es Arni.

"Max, du hast den richtigen Riecher gehabt! Dieser Perversling hat durch die Fenster der Garderoben fotografiert! Und ein paar Fotos vom Vortag des Mordes zeigen (eindeutig) Tara und Lis in einer, naja, sagen wir 'eindeutigen' Situation!"

"Danke Arni, gut gemacht! Aber ich denke, diese Aufgabe war nicht so anstrengend." Max legte abermals auf und sein Lächeln wurde noch breiter. "Wie erklären Sie sich, dass es eindeutige Bilder von Ihnen und Tara in privater Zweisamkeit in Taras Garderobe gibt?"

Als von Lis keine Reaktion kam, außer einem betretenen Blick zu Boden, machte Max weiter. "Und was sagen Sie dazu, dass Herr Fux mir sagte, dass Sie seit 2 Monaten keine einzige Szene mit einem Mann hatten, auf eigenen Wunsch?"

Ihr Kopf zuckte hoch und sie spießte Max mit ihrem Blick förmlich auf. "Würden Sie denn gern mit solchen notgeilen Pennern vögeln wie Ronny oder Harry?", kam es giftig von ihr.

Max bekam bei dem Gedanken eine Gänsehaut. "Nein, das nun wirklich nicht, aber es geht hier auch nicht um meine sexuellen Vorlieben, sondern um Ihre."

"Ich tue sexuell das, was mir gefällt. Sowohl privat, als auch im Job."

"Hm, das glaube ich Ihnen. Aber ist es nicht so, dass Sie Tara dieses Recht absprechen wollten?"

"Hören Sie doch auf! Was wissen Sie denn schon? Zwischen Tara und mir, das war etwas Besonderes! Wie wollen Sie das verstehen, Sie haben doch keine Ahnung von Leuten wie uns!"

"Oh, da täuschen Sie sich. Ich war schon auf mehreren Gay-Abenden." Als Lis ihn mit großen Augen anblickte, bemerkte er selbst, dass seine Worte fehlinterpretiert wurden. "Nein, ich bin nicht schwul! Ich kenne aber ein paar Menschen, die es sind."

Lis machte eine wegwerfende Handbewegung. "Kommen Sie mir nicht mit diesen Lochbohrern, die sind eh alle notgeil und betrügen die Leute, die sie angeblich so sehr lieben. Wollen von allen Seiten mit Toleranz zugeschüttet werden, machen sich aber an alles ran, was 2 Eier und einen Schwanz hat! Zwischen Frauen ist das etwas ganz anderes, Sie haben keine Ahnung, Herr Kommissar!"

"Ja, natürlich sagen Sie das. Und vermutlich würde jeder Klischeeschwule dasselbe über Lesben sagen, aber von solchen Leuten rede ich nicht. Außerdem ist das nicht von Belang. Ich finde Ihre Worte sehr interessant, Lis. Besonders, weil Sie gerade eben Ihre eigene Haltung sehr treffend beschrieben haben. Sie haben Ihre sexuelle Orientierung verändert, wohl nach reiflich längerer Überlegung, aber Sie haben erwartet, nein, vielmehr verlangt, dass Tara das auch tut.

Hat Sie aber nicht, sie hat weiter mit Männern, Frauen und allem Möglichem gedreht, und das hat Sie wütend gemacht, deshalb der Zettel. Vielleicht hätten Sie das in Bezug auf den Job als Pornodarstellerin sogar noch verschmerzen können, aber dass Sie dann auch noch privat mit Gay-Ray zugange war, hat Ihnen endgültig Ihre Beherrschung gekostet, nicht wahr?" Max ließ seine Worte wirken, und es schien zu funktionieren. Einen Moment rang Lis noch mit sich, ehe sich ihre Gefühle bahn brachen.

 "Sie hat's mit diesem widerlichen Schwein da getrieben, wo wir uns einen Tag vorher geliebt hatten! Sie hat mich schon genug damit verletzt, dass Sie immer noch mit Kerlen drehen musste, aber das war einfach nur mies! Zu mir hat sie immer wieder gesagt, dass sie mich mag, aber sie kann sich keine Beziehung mit mir vorstellen, und zu diesem Scheißkerl Ray sagt sie, dass Gefühle da sind, und vielleicht auch mehr daraus werden kann. Sie konnte sich mehr vorstellen mit dieser Pseudo-Schwuchtel als mit mir!"

 "Und deswegen sind Sie rein und haben sie mit ihrem Dildo erstickt."

 "Nein, ich bin rein nachdem Ray weg war und hab

sie zur Rede gestellt. Sie meinte, dass sie mir nicht wehtun wollte, aber auch, dass ich kein Recht hätte, ihr etwas zu verbieten, weil sie mir am Vortag klar gesagt hatte, dass nicht mehr aus uns wird und sie sich keine Beziehung mit einer Frau vorstellen kann. Dann hab ich ihren Dildo genommen und gesagt: 'Wenn du Schwänze so gern hast, dann schluck Den!' Ich hab nicht bemerkt, dass sie keine Luft mehr bekommt und das er so tief drinsteckte, als mir klar wurde, was ich tue, war es schon zu spät..." Lis hatte Tränen in den Augen und ihre Stimme war dicht am Brechen, doch das Mitleid hielt sich bei Max in Grenzen. Tara's einziger Fehler war, dass sie weiterhin mit Lis etwas hatte, sie hätte es besser beenden sollen, als ihr klar wurde, dass Lis mehr wollte als Tara. Aber er wusste aus eigener Erfahrung, dass man leichter mit einer sexuellen Beziehung anfangen als aufhören konnte. Jedoch hätte er sich in mehr als einem Fall soviel Offenheit von seinen Partnerinnen gewünscht wie Tara es Lis gegenüber gemacht hatte.

Max hatte das Verhör beendet und Lis, die sich nun wieder eher wütend als bedrückt gab, Handschellen angelegt, ehe er sie aus dem

Zimmer führte. Vor der Tür stand immer noch Dr. Mutzvink, anscheinend unbeweglich, seit Max sein Verhör begonnen hatte. Ebenso stand Danny Fux mit Perry Pee Cock einige Meter entfernt, die Beiden unterhielten sich angeregt über Perry's weitere Filmkarriere, offenbar hatte er mit seinem Regisseur reinen Tisch gemacht, was seine neuen Vorlieben anging. Somit hatte Danny Fux wohl einen Nachfolger für Gay-Ray gefunden.

"Ich verstehe nicht ganz, ich meine, die Verhörprotokolle", stammelte Dr. Mutzvink, während er seinen Notizblock in die Höhe hielt.

"Die werden nicht mehr benötigt, wir haben die Täterin", kam es etwas zu freundlich von Max.

Über das Gesicht seines Chefs liefen Zuckungen, die wohl heftige innere Kämpfe ausdrückten, jedoch blieb Dr. Mutzvink still und drehte sich ohne ein weiteres Wort in Richtung Ausgang um. Als er schon fast aus dem Gang war, ertönte eine freundliche Stimme.

"Lothar, das freut mich aber, dass Sie wieder hier sind! Wollten Sie mich zum Essen abholen?" Anni kam in einem atemberaubenden, nachtblauen Kleid aus einem weiteren Seitengang und hielt zielstrebig auf Dr. Mutzvink zu.

"Ja, stimmt, ich hatte Sie zum Essen eingeladen. Also, gehen wir." Er schien die Verabredung mit Anni wohl als willkommene Ablenkung zu seiner sinnlosen Verhörarbeit hier zu sehen, oder er war mental noch zu geschwächt, um Widerstand zu leisten.

Anni hakte sich bei Lothar ein und die Beiden verließen das Gebäude, während Max kopfschüttelnd den gleichen Weg mit Lis ging. 'Ich löse den Fall, und der Schmutzfink bekommt das Mädchen. Das Leben ist nicht fair...'

Auf dem Parkplatz vor dem Gebäude angekommen, übergab Max seine Gefangene an seine Kollegen, die er hatte kommen lassen, die blonde Kollegin von der Spurensicherung stieg ebenfalls zu, so hatte Lis zumindest etwas anzugaffen auf dem Weg ins Gefängnis.

Der Gefangenentransporter fuhr ab und Max blieb zurück, er starrte in die Richtung von Dr. Mutzvink, der an seinem Auto stand und sich angeregt mit Anni unterhielt. Trotz der zermürbenden Verhöre, die Max ihm aufgehalst hatte, stank es ihm doch sehr, dass sein Chef nun einen angenehmen Abend mit einer tollen Frau vor sich hatte.

Gerade als Max zu seinem Wagen schlurfen wollte, fuhr ein dicker BMW auf den Parkplatz der Filmproduktionsfirma, und Max kannte dieses Gefährt nur zu gut, es war das Auto des leitenden Polizeidirektors!

 Max war klar, was das zu bedeuten hatte, doch diesen Triumph gönnte er seinem Chef nun einmal gar nicht. Er machte kehrt und ging nochmals in das Gebäude, um etwas zu holen...

 'Dieser Fall war der Schlimmste in meiner ganzen Laufbahn!', ging es Dr. Mutzvink durch den Kopf. Allmählich fand er zu seiner üblichen Arroganz zurück. 'Diese gottverdammten Verhöre, die mir dieser Schneider aufgezwungen hat... Was bildet sich der Kerl eigentlich ein? Aber das Abendessen mit Anni wird mich schon auf andere Gedanken bringen. Ob Pornodarstellerin oder nicht, sie ist eine äußerst attraktive Frau und hat Stil, im Gegensatz zu diesem Schneider!'

 Während er seinen Gedanken nachhing, bemerkte er wie Max ihn und Anni anstarrte, offenbar war er eifersüchtig und hatte selbst Interesse an Anni. 'Umso besser! Jetzt wird mir der Abend noch besser gefallen!' Gerade als Anni ihm von einem Italiener in dieser Straße vorschwärmte und Dr. Mutzvink seine Schlüssel aus der Tasche ziehen wollte, bemerkte er den Wagen, dessen Nummer er sofort erkannte.

'Großer Gott! Was macht der denn hier?'
Der Wagen kam zum Halten und ein leicht untersetzter Mann Anfang 60 mit graumelierten Haaren und Professorbrille stieg aus.

"Mein guter Dr. Mutzvink! Wie geht es Ihnen? Ich habe auf dem Revier gehört, der Fall wäre gelöst. Ich vermute einmal, dass Sie wesentlichen Anteil daran hatten. Wer ist denn Ihre charmante Begleitung?"

"Äh, ja, natürlich Herr Direktor. Darf ich vorstellen, Anita" Dr. Mutzvink war etwas nervös, auch wenn man Anni nicht ansah, dass sie eine Pornodarstellerin war.

Der Polizeidirektor reichte Anni die Hand, während Dr. Mutzvink leicht zu schwitzen begann.

"Aber nun zum Grund meines Hierseins. Ich wollte Ihnen persönlich gratulieren, allerdings nicht nur zum Lösen dieses Falls, sondern auch...", er machte eine bedeutungsvolle Pause, doch Dr. Mutzvink schien nicht zu verstehen, worauf er hinauswollte. Der Polizeidirektor streckte die Hand aus und nahm die zögerliche Hand von Dr. Mutzvink entgegen. "Herzlichen Glückwünsch, Polizeioberrat Dr. Mutzvink!"

Max' Chef stand mit offenem Mund da, ehe er realisierte, dass seine Beförderung damit sicher war. Als es ihm dann dämmerte, zeigten sich seine blendend weißen Zähne. "Ich... weiß gar nicht, was ich sagen soll..."

"Sie müssen gar nichts sagen, mein guter Lothar, machen Sie einfach nur weiter Ihre Arbeit wie bisher."

Anni beglückwünschte Lothar ebenfalls. Der Abend hätte gar nicht mehr besser werden können.

"Chef, Sie haben da etwas vergessen!" Dr. Mutzvink wurde von diesem Satz unsanft aus seinem Hochgefühl gerissen, ebenso missfiel es ihm, dass Max Schneider wie ein Irrer über den Parkplatz gerannt kam.

"Oh, Herr Polizeidirektor, freut mich!" Max reichte seinem und Dr. Mutzvink's Vorgesetztem die Hand, ehe er sich an seinen Chef wandte. "Entschuldigen Sie, aber Sie haben Ihre Jacke vergessen." Max hielt die Nadelstreifenjacke Dr. Mutzvink hin.

"Ah, sehr löblich Herr Schneider", meinte der

Polizeidirektor anerkennend.

Dr. Mutzvink setzte ein gepresstes Lächeln auf, während er nach der Jacke griff, doch Max ließ sie einen Moment zu früh los, sodass sie Dr. Mutzvink durch die Finger glitt und zu Boden fiel, und dabei der Inhalt sich vor den Füßen des Polizeidirektors ausbreitete. Die DVD's mit ansprechenden Titeln wie "Urzeitmenschen intim", "Transenglück", "Alte Spalten, junger Trieb" und "Zwergenorgie" erhaschten natürlich die Aufmerksamkeit der umstehenden Personen. Dem Polizeidirektor schien allerdings mehr das Poster ins Auge zu stechen, das sich aufgeklappt hatte, mit großen Augen starrte er darauf. Gay-Ray's voll erigierter Penis deutete genau auf Dr. Mutzvink's Vorgesetzten.

"Oh, entschuldigen Sie bitte, ich hoffe Ihre Andenken an diesen Fall sind nicht beschädigt worden", gab Max noch mit einem Grinsen von sich, ehe er sich schnell aus dem Staub machte.

Dr. Mutzvink stand wie versteinert da, den Blick starr auf die Erotikauswahl zu seinen Füßen gerichtet.

Max schaffte es gerade noch in sein Auto zu springen, ehe ein langgezogenes "SCHNEIDER!"

den gesamten Parkplatz erfüllte.

Epilog

Max saß an dem Tisch, den er bei seinem Lieblingsitaliener reserviert hatte und wartete auf die Personen, die er eingeladen hatte. Er hatte die Beiden schon eine ganze Weile nicht mehr gesehen, was er sehr bedauerte.

"Max, *Benvenuto!* Schön dich zu sehen!", tönte sein guter Freund, dem das Lokal gehörte, als er ihn erblickte.

"Luigi, *bello te a vedere!*"

"Max, wie oft habe ich dir schon gesagt, du sollst nicht italienisch sprechen?" Der Akzent war mehr als übertrieben gehalten, so wie Max es von ihm kannte.

"Und wie oft haben wir dir schon gesagt, du sollst Max nicht aufziehen?" Diese samtweiche Stimme gehörte zu Tanni.

"Außerdem klingt es bei Max auch nicht schlechter als bei dir, wenn du italienisch sprichst." Dieser Seitenhieb kam von Mia. Die Beiden hatten sich leise von hinten angepirscht.

"Mädels! Freut mich, dass Ihr da seid!" Max sprang auf und umarmte die Beiden innig, während Luigi gespielt beleidigt das Gesicht verzog.

Nach der Begrüßung setzten sie sich, orderten bei Luigi Getränke und blätterten in der Speisenkarte.

"Und Max, hast du mal wieder einen interessanten Fall gehabt?", wollte Mia wissen.

"Das kann man so sagen", begann Max. Obwohl alle seine Fälle ihre interessanten Aspekte hatten, war der Letzte wohl äußerst interessant gewesen, und würde es wohl auch für die Beiden sein.

"Na dann erzähl' schon, wir sind neugierig!" Tanni konnte es kaum erwarten.

"Es war ein regelrechter Lattenkrimi", warf Max in den Raum, woraufhin er verständnislose Blicke erntete. Das die Beiden mit diesem Wort nicht viel anfangen konnten, war ihm klar, aber ihre Reaktion amüsierte ihn. "Nun, es ging diesmal um eine Frau, die Realität und Sexualität nicht mehr unterscheiden konnte." Als Max sah, wie ihn die Beiden mit großen Augen fragend anstarrten, musste er lachen. Er erzählte ihnen die näheren Umstände, wie Lis Bee Ann sich in die Geschichte mit Tara Be-Cum verrannt und zu was es geführt hatte. Die Beiden lauschten sehr interessiert seinen Worten.

"Oh man... Dass es immer noch solche Tussen

gibt, kotzt mich an!", entfuhr es Mia. Sie trug ihr Herz auf der Zunge, aber das machte sie für Max nur umso sympathischer.

"Solche Frauen sind daran Schuld, dass wir immer noch nicht voll akzeptiert werden", warf Tanni ein, während sie einen Arm um den Hals ihrer Freundin legte und ihr einen Kuss gab.

"Macht euch keine Sorgen, Frauen wie Lis sind zum Glück in der Minderheit, und bei mir seid Ihr sowieso zu 100% akzeptiert."

"Und dafür lieben wir dich auch, Max!", kam von Beiden gleichzeitig. Ja, sie waren wirklich seine Lieblingslesben. Und auch wenn ihm klar war, dass da zu 99,999999% nie etwas laufen würde, wollte er die Beiden bestimmt nicht missen. Er sah sie nicht als unerreichbare weibliche Wesen, sondern als 2 sehr gute Freunde.

Als die Getränke kamen und sich Luigi dazusetzte, musste Max die Geschichte natürlich nochmals in allen Einzelheiten erzählen. Einige Stellen sorgten für allgemeine Belustigung, besonders die Verhöre von Dr. Mutzvink. Max konnte sein Grinsen fast nicht mehr ablegen, wenn er daran dachte, wie sich sein Chef gegenüber seinem Vorgesetzten zu rechtfertigen versuchte, besonders, da das Gesicht seiner Begleitung groß auf einer der DVD-Hüllen prangte, mit leicht verschmiertem Lippenstift und mit weißen, zähflüssigen Spritzern im Gesicht.

***

Spencer Corvis

Kommissar Max Schneider - Provinzposse

COMING
MAYBE
SOON